L'HOMME DE LONDRES

DU MÊME AUTEUR
CHEZ POCKET

L'affaire Saint-Fiacre
L'amie de Mme Maigret
L'âne rouge
Les anneaux de Bicêtre
Au bout du rouleau
Au rendez-vous des Terre-Neuvas
Les autres
Betty
La boule noire
La chambre bleue
Le charretier de la providence
Le chat
Chez les Flamands
Le chien jaune
Les complices
Le coup de lune
Le crime impuni
La danseuse du Gai-Moulin
Le destin de Malou
L'écluse numéro un
En cas de malheur
Les fantômes du chapelier
Les fiançailles de M. Hire
Le fond de la bouteille
Le fou de Bergerac
La fuite de M. Monde
Les gens d'en face
La guinguette à deux sous
Le Haut-Mal
L'homme de Londres
L'homme au petit chien
Liberty-Bar
M. Gallet décédé
Maigret
Maigret et les braves gens
Maigret et le corps sans tête
Maigret et la grande Perche
Maigret au picratt's
Maigret s'amuse
Maigret et le voleur paresseux
La maison du canal
Marie qui louche
Mémoires intimes
La mort d'Auguste
La mort de Belle
La nuit du carrefour
L'ombre chinoise
Le passager clandestin
Le passager du Polarlys
Pedigree
Le pendu de Saint-Phollien
Le petit saint
Pietr le Letton
Le port des brumes
La porte
Le président
Le relais d'Alsace
La rue aux trois poussins
Strip-tease
Tante Jeanne
Les témoins
La tête d'un homme
Le train
Les treize coupables
Les treize énigmes
Les treize mystères
Une confidence de Maigret
Un crime en Hollande
Un nouveau dans la ville
Une vie comme neuve
Le veuf
La vieille

GEORGES SIMENON

L'HOMME DE LONDRES

Roman

ISBN 2-266-03317-4

1

AU moment même, on les prend pour des heures comme les autres et, après coup seulement, on s'aperçoit que c'étaient des heures exceptionnelles, on s'acharne à en reconstituer le fil perdu, à en remettre bout à bout les minutes éparses.

Pourquoi, ce soir-là, Maloin était-il parti de chez lui de mauvaise humeur ? On avait dîné à sept heures, comme d'habitude. Il y avait des harengs grillés, puisque c'était la saison. Ernest, le gamin, avait mangé proprement.

Maintenant, Maloin se souvenait que sa femme avait dit :

« Henriette est venue tout à l'heure.

— Encore ! »

Ce n'est pas parce que sa fille était bonne à tout faire dans la même ville, presque dans le même quartier, qu'elle devait accourir chez elle sous tous les prétextes. Sans compter que c'était toujours pour se plaindre. M. Laîné avait dit ceci, ou Mme Laîné avait dit cela.

« Il se pourrait que la place soit libre chez le pharmacien, où c'est tout de même plus propre que chez un boucher. »

Ce n'était pas bien grave, mais Maloin n'en était pas moins parti de mauvaise humeur. Sa mauvaise humeur n'était pas grave non plus. Elle ne l'empêcha pas de prendre son bidon d'émail bleu qui contenait du café, ni le pain et le beurre ni le saucisson que sa femme avait préparés.

Il partait chaque soir à la même heure, exactement six minutes avant huit heures. Sa maison, avec deux ou trois autres, était bâtie sur la falaise et, en sortant, il voyait à ses pieds la mer, la longue jetée du port et, plus à gauche, les bassins et la ville de Dieppe. Comme on était en plein hiver, le paysage, à cette heure-là, n'était composé que de lumières : les rouges et les vertes des jetées, les lumières blanches des quais doublées par leur reflet sur l'eau, enfin toutes les lumières grouillantes de la ville.

« Il n'y a pas trop de brouillard », remarqua-t-il.

On sortait d'en prendre pendant quatre jours, un brouillard si épais que dans les rues on se cognait les uns contre les autres.

Maloin descendit le raidillon, tourna à gauche et se dirigea vers le pont. A 8 heures moins 2, il passait en face de la gare maritime. A 8 heures moins 1, il commençait à gravir l'échelle de fer conduisant à son perchoir.

Il était aiguilleur. Contrairement aux autres aiguilleurs, dont la cabine se trouve en dehors de la vie normale, plantée parmi les voies, les remblais et les signaux, il avait la sienne en pleine ville et même en plein cœur de la ville. Cela tenait à ce que sa gare n'était pas une vraie gare, mais une gare maritime. Les bateaux qui arrivaient d'Angleterre deux fois par jour, à une heure et à minuit, se rangeaient le long du quai. Le rapide de Paris, quittant la gare ordinaire, à l'autre bout de Dieppe, traversait les rues comme un tramway et s'arrêtait à quelques mètres du navire.

Il n'y avait que cinq voies en tout, et pas de palissades, pas de talus, rien qui séparât le monde du rail du monde tout court.

Maloin avait trente-deux marches à franchir et au sommet de l'échelle il trouvait la cabine vitrée où son collègue de jour boutonnait déjà son pardessus.

« Ça va ?

— Ça va. On annonce quatre frigos sur la deux. »

Il n'y faisait pas attention. Et pourtant il ne devait jamais oublier le plus petit détail de cette nuit-là. Son collègue portait un cache-nez en laine et Maloin pensa qu'il en ferait tricoter un par sa femme, mais plus sombre, plus discret. Il bourra sa première pipe, posa sa blague à tabac sur la table, près de la bouteille d'encre violette.

C'était vraiment un endroit agréable, le meilleur poste d'observation de toute la ville. On apercevait les feux de deux chalutiers qui pêchaient en rade et qui rentreraient au port avec la marée. Du côté de la terre, à côté du marché couvert, éclataient les lumières du café Suisse puis venaient, en ribambelle, toutes les vitrines de la ville.

Plus près, c'était obscur et silencieux, des fenêtres fermées, des portes closes, sauf la porte bariolée du Moulin-Rouge que les musiciens venaient de franchir. Maloin savait qu'ils joueraient à vide jusqu'à dix heures environ, car les premiers clients n'arrivaient qu'alors. Mais ils jouaient quand même et les garçons étaient à leur poste.

Le poêle de fonte était rouge. Maloin y posa le bidon de café et ouvrit son placard pour y prendre sa bouteille d'eau-de-vie.

Il faisait la même chose, à la même heure, au même endroit, depuis bientôt trente ans. A neuf heures, il donna le passage aux quatre wagons frigorifiques, puis à la machine haut-le-pied qui retournait à la gare. A dix heures, il vit s'éteindre la lumière de sa maison, sur la falaise, tandis que celle des Bernard restait allumée, car c'étaient des gens qui ne se couchaient pas avant onze heures.

Comme toujours, il fut le premier à apercevoir dans le noir de l'horizon les feux du bateau de Newhaven, cependant qu'un peu de vie naissait autour de sa cabine. Les quatre douaniers de service s'en venaient lentement, puis les porteurs, le garçon de la buvette, un taxi. Les locaux de la gare s'éclairaient les uns après les autres et, au premier coup de sirène du bateau, le quai s'illuminait comme pour une fête.

Maloin savait que son train quittait la gare de Dieppe bien avant que le convoi étirât sa fumée autour du bassin.

Il s'occupait du train, c'est évident, mais sans le savoir, sans cesser de voir ce qui se passait ailleurs, par exemple Camélia qui s'acheminait vers le Moulin-Rouge et qui toussa avant d'entrer, puis encore en repoussant la porte.

L'heure la plus courte de la nuit commençait. Pendant qu'on ouvrait les portes des fourgons, le bateau s'avançait entre les jetées, virait au milieu du bassin, lançait ses aussières. Et, comme il n'y avait que des gens du métier sur le quai, tout le monde avait déjà compté les cinq passagers de première classe et les douze de seconde.

Maloin se versa du café, y ajouta de l'eau-de-vie et bourra une troisième pipe qu'il fuma debout, regardant de haut en bas les silhouettes en mouvement. Pourquoi s'intéressa-t-il à un homme plutôt qu'aux autres ? Comme d'habitude, on avait posé les barrières pour empêcher les passagers de sortir sans passer par la douane. Or, l'homme en question, qui venait de la ville, se tenait en dehors des barrières, juste en dessous de la cabine d'aiguillage, et Maloin pensa même qu'il pourrait cracher dessus.

Il portait un pardessus gris, un chapeau de feutre gris, des gants de peau et il fumait une cigarette. Les autres détails, Maloin ne les distinguait pas. Les hommes d'équipe, les douaniers, les employés de la gare s'occupaient des voyageurs qui franchissaient la passerelle. Seul, Maloin, outre son homme en gris, devina une ombre debout à l'avant du navire et à l'instant même cette ombre lançait quelque chose sur le quai.

Ce fut ravissant de précision comme une acrobatie. A cinquante mètres de la foule, une valise venait de passer en dehors des barrières et l'inconnu de la ville la tenait à la main, naturellement, en fumant toujours.

Il aurait pu s'en aller. Nul n'aurait songé à l'interpeller. Mais il resta là, à quelques mètres du rapide, comme un quelconque voyageur qui attend un ami. La valise paraissait légère. C'était une de ces petites mallettes en fibre conçues pour contenir un complet et un peu de linge, Henriette en avait une du même genre.

« Que peuvent-ils bien avoir passé en fraude ? » se demandait Maloin.

Pas un instant l'idée ne lui vint de dénoncer les deux inconnus dont un restait toujours invisible. Ce n'était pas son affaire. S'il était allé en Angleterre, il aurait fraudé, lui aussi, du tabac ou de l'alcool, parce que c'est l'habitude.

Une jeune femme fut la première à sortir de la salle de visite et à se diriger vers un compartiment de première classe. Un homme assez âgé, suivi de deux porteurs, s'installa dans un sleeping. Presque chaque jour il y avait des voyageurs de luxe, surtout au bateau de nuit, et Maloin, de sa cabine, avait entrevu des ministres, des délégués à la Société des Nations, des acteurs, des vedettes de cinéma. Parfois les photographes se dérangeaient pour les attendre sur le quai.

L'homme à la mallette ne bougeait pas. Il avait davantage l'air d'un Anglais que d'un Français, mais ce n'était pas sûr. Un voyageur sortit enfin de la salle de douane, un grand maigre en imperméable beige, et, tout de suite, il marcha vers celui qui attendait. C'était simple. Ils étaient d'accord. L'homme de Londres avait lancé la valise à son complice et maintenant ils se serraient la main.

Prendraient-ils place dans le train ? Maloin se le demandait quand il les vit traverser la rue et entrer au Moulin-Rouge, dont il perçut un instant la musique.

Le chef de gare sifflait. La sonnerie retentit dans la cabine. Maloin poussa à fond le deuxième levier et quelques instants plus tard le train s'en allait vers l'autre gare, la vraie, d'où il prendrait le départ pour Paris.

On éteignait les lampes et fermait les portes. Les douaniers s'éloignèrent en groupe et deux d'entre eux pénétrèrent au café Suisse. A bord du vapeur aussi les lumières s'éteignaient les unes après les autres, sauf à l'arrière où un palan extrayait bruyamment des caisses de la cale béante.

Le rite était le même toutes les nuits. Il y en avait pour deux ou trois heures à entendre grincer le cabestan et à voir la lumière crue du projecteur braqué sur la cale.

Sans y prendre garde, Maloin s'intéressait au Moulin-Rouge et à ses vitres bariolées, derrière lesquelles passaient des ombres de danseurs.

« Peut-être que Camélia sortira avec un des deux », se dit-il.

Car, de temps en temps, on voyait Camélia quitter le cabaret avec un compagnon, tourner le premier coin de rue et l'instant d'après on entendait la sonnerie d'un petit hôtel. Maloin l'y avait suivie comme les autres, par curiosité. C'était une bonne fille, toujours de bonne humeur, et elle lui disait bonjour quand il passait.

« Non ! les voilà qui sortent sans elle », murmura-t-il.

Il parlait souvent tout seul, dans sa cabine, et cela faisait presque l'effet d'une compagnie.

« Je parie qu'ils vont partager ! »

Les deux hommes, au lieu de marcher vers la ville, traversaient la rue, franchissaient les voies, atteignaient l'endroit le plus sombre, le plus désert, au bord du bassin, et Maloin sourit, car on ne pensait jamais à lui. Personne n'imaginait que là-haut, dans la cage vitrée où régnait une lumière rougeâtre, il y avait un homme qui regardait ! Les amoureux y pensaient moins que les autres et l'aiguilleur avait des souvenirs amusants.

Il se retourna une seconde pour prendre sa tasse de café et avaler une gorgée. Il perdit peut-être un geste ou deux des inconnus, mais pas plus. Quand il regarda à nouveau, le grand maigre, brusquement, avec une rapidité étonnante, frappait le visage de son compagnon.

Il frappait de la main droite, sans lâcher la valise qu'il tenait de la gauche. Son poing était trop sombre pour être nu, comme s'il eût été muni d'un casse-tête. Le cabestan ne se taisait pas.

Le visage collé à la vitre, Maloin vit le blessé chanceler, à l'extrême bord du bassin où il devait fatalement tomber. L'autre le savait. Il avait calculé son coup en conséquence. Ce qu'il n'avait pas prévu, sans doute, c'est que sa victime, dans un geste peut-être instinctif, se raccrocherait à la valise et la lui arracherait des mains.

Il y eut un « plouf », puis un autre plus faible. L'homme était tombé le premier. La valise était tombée ensuite. Quant au grand maigre, après un bref regard autour de lui, il se penchait sur l'eau.

Plusieurs jours plus tard, seulement, Maloin se demanda pourquoi il n'avait pas appelé au secours.

Eh bien, franchement, il n'y avait pas pensé. Quand on imagine un drame, on croit qu'on fera ceci et cela. Mais quand on y est, c'est différent. En réalité, il regarda comme il aurait regardé n'importe quelle scène de la rue, curieusement, et c'est quand l'homme se redressa qu'il grogna :

« L'autre est sûrement mort ! »

Il avait laissé éteindre sa pipe qu'il ralluma en inspectant le quai avec mauvaise humeur parce que son devoir était de descendre et qu'il avait peur. Est-ce qu'un homme qui vient d'en tuer un autre regarde à en tuer un second ? Il ouvrit quand même sa porte. L'assassin, en dessous de lui, entendit le bruit, leva la tête et s'élança à grands pas vers la ville.

Maloin descendit lourdement. Comme il s'y attendait, l'eau du bassin était plate, sans la moindre trace du corps et de la valise. A cinquante mètres se dressait l'étrave du bateau de Newhaven. On déchargeait toujours des caisses, à l'arrière.

Irait-il jusqu'au café Suisse où il y avait un agent en faction ? Il hésita, se souvint qu'il n'avait plus d'eau-de-vie et entra au Moulin-Rouge, s'assit au bar, près de la porte.

« Ça va ? lui demanda Camélia.

— Ça va ! Ce sera un calvados... »

Le jazz était au fond, dans la lumière rose, et quelques personnes dansaient. Camélia attendait que Maloin lui fît un signe et un instant il en eut l'envie, puis il but un second calvados et il n'y pensa plus.

Il était de mauvaise humeur et il se souvint qu'il avait quitté sa maison de mauvaise humeur aussi. Cette fois, c'était sérieux. Il n'avait pas crié tout de suite et on lui reprocherait sûrement son silence. Et pourtant ce n'était pas sa faute puisqu'il n'y avait pas pensé !

« Tu t'en vas ? demanda Camélia.

— Je m'en vais. »

Il regarda encore l'eau du bassin et remonta dans sa cage en réfléchissant. De toute façon, cela ne servirait à rien de chercher le corps, car l'homme était mort et bien mort. Quant à l'autre, il devait déjà être loin.

Maloin regarda le tableau de sonnerie, donna la voie 3 qu'on lui demandait pour de nouveaux wagons de marchandises. Un taxi débarqua devant le Moulin-Rouge : deux hommes qui s'amusaient.

« Après tout, cela ne me regarde pas ! » dit Maloin à voix haute.

Il rechargea le poêle et vida la dernière goutte de café. C'était la mauvaise partie de la nuit, la plus froide. Les vents étaient à l'est, le ciel était clair et, dans une heure, il y aurait une petite gelée désagréable. Il n'y avait rien à faire, rien à regarder jusqu'à l'ouverture du marché au poisson qui commençait dans l'obscurité mais qui s'achevait en plein jour.

« Il l'a tué pour avoir la valise à lui seul ! pensa Maloin. Le voilà bien refait ! »

Qu'est-ce qu'elle pouvait contenir, la valise ? On ne tue pas pour rien.

On était au bas d'eau. Dans une heure, il n'y aurait pas plus de trois mètres de profondeur au bord du bassin. Et même moins, car c'était une grande maline. Maloin fronça les sourcils, plissa les ailes du nez, se gratta la tempe et poussa un soupir. Ce sont des habitudes qu'on prend quand on vit seul des heures entières : on fait des grimaces, des gestes, on grogne, on dit de temps en temps quelques mots.

« Pourquoi pas ? »

Évidemment, il faisait froid. Mais si cela en valait la peine.

Il se promena dans sa cage en discutant toujours avec lui-même. Puis, tout à coup, il descendit l'échelle de fer et se dirigea vers le bord du quai.

« Tant pis ! » grommela-t-il encore.

Il retira ses souliers, son veston, regarda le bateau anglais qui était devenu silencieux et plongea. Jusqu'à son service, il avait pêché à bord d'un chalutier et ensuite il avait fait cinq ans dans la marine.

Il disparut deux fois, trois fois et chaque fois ses mains remuaient la vase tiède du fond. La quatrième fois, il rencontra un vieux câble d'acier. La cinquième seulement, alors qu'il commençait à avoir peur, il ramena la mallette.

D'une seconde à l'autre, sa peur devint de la panique. Il regretta son geste. Il se demanda ce qui adviendrait si on le surprenait et il se mit à courir, son veston sur le bras, oubliant ses souliers sur le quai.

Jamais il n'avait monté aussi vite à l'échelle de fer. La mallette perdait son eau. Lui-même s'égouttait. Mais il avait des vêtements de travail dans son armoire et il put se changer, sans avoir ouvert la valise qu'il regardait avec méfiance. Il lui fallait encore aller chercher ses souliers et il rentrait juste dans sa cage quand on ferma le Moulin-Rouge.

Camélia sortit la dernière, jeta un coup d'œil de son côté pour s'assurer qu'il n'avait pas envie d'elle ce soir-là. Pendant ce temps-là, il grommelait :

« Qu'est-ce que je vais faire, à présent ? »

Ouvrir la valise, évidemment ! C'était fatal !

S'il la portait au commissariat, on ne comprendrait pas sa conduite et après tout la mallette ne contenait peut-être que du tabac de contrebande.

Elle n'était même pas fermée à clef et quand il souleva le couvercle il aperçut d'abord quelque chose de mou, de mouillé, un tas de chiffons informes. Il les agita, pour voir s'il n'y avait rien d'autre, et c'est alors qu'il découvrit les banknotes.

Ce fut comme pour le crime : Maloin commença par n'avoir aucune émotion et par regarder bêtement le tas de billets blancs, des billets anglais de cinq et de dix livres que l'eau avait collés les uns aux autres.

Il avait déjà vu des billets de dix livres. Il avait lui-même cinq mille francs et plus à la caisse d'épargne et la maison qu'il habitait était à lui.

Mais il n'était pas question de dix ni de cinquante billets ni d'une somme d'argent quelconque. C'était toute une valise de billets de banque ! C'était une somme incroyable !

Maloin commença par faire le tour de sa cage en regardant dehors. La mer devenait plus claire. Des camions et des autos s'arrêtaient, de l'autre côté du quai, au marché au poisson où deux bistrots s'étaient éclairés.

Lui s'écartait du tas de billets et, comme si c'eût été la chose la plus urgente, il vida la valise de l'eau qui y restait et la mit à sécher devant le feu. Ensuite, il étala sur une chaise son pantalon mouillé et alluma une pipe.

« Peut-être même un million !... » fit-il à mi-voix.

Alors, il s'assit devant les billets et les compta un à un, mettant ceux de cinq livres d'une part et ceux de dix de l'autre. Trempant sa plume dans l'encre violette, il fit des multiplications, additionna, trouva le chiffre de cinq cent quarante mille francs au cours approximatif du change.

Voilà ! Il n'y avait que cinq cent quarante mille francs. Maloin était déjà habitué à cette idée et, le plus simplement du monde, il fit des liasses, les entoura de papier gris, les rangea dans la valise et enferma le tout dans son armoire.

Ils étaient trois aiguilleurs et chacun avait un petit meuble pour ranger ses effets.

« Pour une histoire... », prononça-t-il en souriant malgré lui.

Il était quand même un peu gêné. Par exemple, il évitait de faire des projets et de se dire carrément qu'il considérait cet argent comme son bien. Il marcha une fois de plus vers les vitres qui blanchissaient et son regard s'arrêta sur deux hommes qui discutaient de l'autre côté du bassin. L'un des deux était Baptiste, un pêcheur qui avait l'habitude de tendre des lignes dans le port et le long des jetées. Son bachot peint en vert s'appelait *La Grâce de Dieu.*

Or, l'homme avec qui Baptiste était en conversation portait un imperméable beige. Il était grand et maigre. C'était l'assassin. Il n'avait pas eu le temps de dormir et il avait dû passer la nuit à errer dans la ville.

Que pouvait-il raconter en regardant le bachot vert ? Aurait-il le courage de le louer et, en compagnie de Baptiste, d'aller traîner un grappin dans le fond ?

Maloin souriait, sans savoir pourquoi. Il n'était pas impressionné. Baptiste partit tout seul sur son bateau et releva ses lignes, cependant que l'autre le regardait du quai et soufflait parfois dans ses doigts raides de froid.

Une heure passa et, au bout de cette heure, le soleil était levé et la mer, d'un vert pâle, se couvrait d'étincelles semblables à des écailles de poisson. La fenêtre du premier étage s'était ouverte, chez Maloin. Sa femme préparait le déjeuner du gamin qui, à sept heures et demie, partait pour l'école.

Un homme franchissait le pont et Maloin savait que c'était son collègue qui venait prendre le service à sa place.

En somme, tout était en ordre. C'était un matin comme les autres matins. L'homme en imperméable allait parfois jusqu'à l'angle du quai puis revenait à la même place, fasciné par une partie du bassin et par le bachot de Baptiste.

A bord du navire anglais, on lavait le pont au jet et les matelots couraient pieds nus sur les planchers ruisselants.

Maloin avait cinq cent quarante mille francs dans son armoire, une armoire en bois blanc qui ne valait pas cinquante francs et qui avait besoin d'être repeinte. Qui se serait douté d'une chose pareille ?

Un miroir fêlé était appliqué à la cloison. Il s'y regarda curieusement. C'était toujours le même Maloin, avec son teint clair, sa peau couverte de fines rides creusées par le sel marin, ses yeux grisâtres, ses sourcils broussailleux et ses moustaches qui devenaient poivre et sel.

« Tu te crois beau garçon ? » dit son collègue en posant son bidon de café sur le poêle.

Maloin cligna de l'œil.

« Sait-on jamais ? »

Il regardait l'armoire. Il regardait le bachot vert et, sur la rive, l'homme de Londres qui trépignait d'impatience. C'était impossible de ne pas sourire. Il ne le faisait pas exprès.

« Qu'y a-t-il d'annoncé ?

— Dix wagons de primeurs... »

Ses yeux riaient, puis ne riaient plus, puis riaient encore. C'était très compliqué. D'ailleurs, ce n'était pas la peine de penser à tout d'un seul coup. On verrait bien plus tard.

En descendant l'échelle, il pensa que sa femme serait furieuse parce qu'il avait gardé ses chaussettes mouillées dans ses souliers. Et au coin de la rue, près du café Suisse, il vit de loin sa fille qui allait chercher le lait pour ses patrons.

2

LES choses auraient pu se passer ainsi : Maloin serait rentré tranquillement chez lui et il n'aurait jamais revu l'homme de Londres. Comme il ne l'avait aperçu que la nuit ou alors, le matin, de très loin, il était fondé à prétendre qu'il ne connaissait pas son visage.

Or, pendant que Maloin contournait le bassin, franchissait le pont de fer et se dirigeait vers la falaise, le bachot vert, lui, au lieu de continuer à pêcher, piquait droit sur le marché au poisson et l'homme de Londres, avec une fausse nonchalance, se rapprochait de l'endroit où il allait accoster.

Maloin aurait encore pu passer, mais il venait justement de s'arrêter pour regarder une raie énorme et, quand il releva la tête, la tache verte était devant ses yeux, dans le soleil, avec la tache brune de l'imperméable en gros plan et à l'arrière la silhouette bleue de Baptiste qui godillait.

« Salut, Maloin ! dit quelqu'un qui passait en portant un panier de crabes.

— Salut, Joseph ! »

Il s'était pourtant bien promis de passer très vite, en suivant le trottoir. Mais il était trop tard. C'était la faute à *La Grâce de Dieu* qu'ils étaient deux à regarder. Et quand on est deux à s'intéresser à un même spectacle, il est bien rare qu'on ne se jette pas un coup d'œil. Il n'y avait pas cinq mètres entre eux. Ils étaient séparés par une bitte d'amarrage au bronze perlé de givre. La buée qui précède le jour s'était dissipée et l'air était limpide, les couleurs pâles et aimables. La moitié de l'univers était envahie par la mer qui n'avait pas une ride, pas même un ourlet blanc à son bord. L'autre moitié s'éveillait peu à peu autour des poissons brillants et des bruits naissant dans les profondeurs de la ville, des sonneries, le heurt d'un marteau, des dégringolades de volets.

Bien campé sur ses jambes, la pipe aux dents, sa casquette de cheminot sur la tête, Maloin faisait semblant de regarder l'eau comme tant de gens ont l'habitude de regarder l'eau, mais une silhouette beige ne quittait pas l'angle droit de sa rétine.

« Il a l'air désespéré », pensait-il.

Mais peut-être l'homme de Londres n'était-il jamais gai ? Il avait une drôle de tête, très maigre, au long nez pointu, aux lèvres pâles, et sa pomme d'Adam était proéminente.

Quant à deviner sa profession, c'était difficile. Ce n'était pas un ouvrier. Il avait de grandes mains soignées, aux poils roussâtres, aux ongles carrés. Ses vêtements ressemblaient à ceux de la plupart des voyageurs anglais qui passent à Dieppe : un complet de tweed brun, très simple mais bien coupé, un col souple, un chapeau souple, et l'imperméable qui était de bonne qualité.

Ce n'était pas davantage un employé, car quelque chose disait qu'il ne menait pas une vie sédentaire, ni même régulière. Maloin pensait à des gares, à des hôtels, à des ports...

Et soudain, il eut une idée qui valait ce qu'elle valait, mais qui s'ajusta à ses impressions : l'homme avait l'air de quelqu'un qui fait du music-hall, ou du cirque, peut-être un prestidigitateur, ou un ventriloque, ou même un acrobate ?

Baptiste, qui avait amarré son bachot, posait sur le quai un panier de congres et l'homme suivait tous ses gestes de ses yeux enfoncés et tristes, tout en tenant sa cigarette entre ses doigts jaunis par le tabac.

« Pas fameux ! » dit Baptiste en montrant ses congres.

Et il parlait à l'homme comme un pêcheur parle à n'importe quel curieux planté sur le quai.

Est-ce que l'homme, à son tour, allait parler à Baptiste ? N'était-ce pas dans ce but qu'il attendait depuis si longtemps ? Maloin en était sûr. Il savait qu'il était de trop mais il ne voulaït plus s'en aller.

Tandis que le pêcheur se hissait sur le quai, la maigre tête de l'Anglais esquissa un mouvement de côté et deux regards, pour la première fois, se rencontrèrent, anxieux, étonnés, incapables de se détacher l'un de l'autre.

Maloin avait peur, tout à coup, peur de rien et de tout, et l'homme, de son côté, avait peur de cet ouvrier du chemin de fer qui restait là, sans bouger.

« Il ne faut pas que je regarde la tour, se dit Maloin. Il comprendrait aussitôt. »

Naturellement, il la regarda et il était sûr que l'autre suivait son regard.

« Il va reconnaître ma casquette de cheminot et... »

Ce fut automatique. Les yeux de l'homme se levèrent vers la casquette.

« Vous voulez toujours faire une promenade ? » demandait Baptiste.

Maloin n'entendit pas la réponse. Il fuyait, maladroit, bousculait une femme chargée de crevettes, se faufilait entre les groupes du marché jusqu'à ce qu'il fût de l'autre côté du bâtiment.

Lorsqu'il regarda derrière lui, il ne vit plus l'imperméable.

Il était sûr que l'homme avait fui comme lui, brusquement, sans raison, et qu'à l'autre bout du marché il le cherchait de même.

***

D'habitude, il se couchait aussitôt après avoir mangé et il se levait vers deux heures, passait le reste de l'après-midi à pêcher ou à bricoler. Il voulut dormir comme les autres jours, mais il n'était pas depuis une heure dans son lit qu'il se levait et ramassait ses vêtements.

« Tu as besoin de quelque chose ? » cria sa femme qui l'avait entendu d'en bas.

Il n'avait besoin de rien, mais il n'avait pas sommeil. Dans son lit, les yeux fermés, il avait surtout pensé à des courants marins et il avait fait des calculs.

Quand le corps était tombé à l'eau, il y avait encore deux heures de jusant à peu près. Donc, traîné sur le fond ou errant entre deux eaux, il avait été emporté vers le large.

Ce n'était pas le premier noyé de Dieppe et quand on connaît bien un port, on peut prévoir presque exactement à quel endroit un cadavre ira s'échouer. Celui-ci s'était peut-être accroché aux pilotis des jetées et, dans ce cas, il serait longtemps sans être découvert. Ou alors il avait suivi le chenal et, avec le flot, son corps serait déposé sur la plage, un peu en aval, comme l'Américaine de l'été précédent.

Maloin laça ses souliers et descendit l'escalier en pitchpin qui tremblait sous son poids, comme toute la maison d'ailleurs, bâtie en matériaux légers.

« Tu sors ? s'étonna Mme Maloin qui lavait son linge.

— Je sors. »

C'est tout ce qu'elle avait besoin de savoir. Il leva le couvercle d'une casserole pour voir ce qu'il y aurait à déjeuner, pensa, en nouant son foulard, au cache-nez tricoté de son collègue, et, sur le seuil, bourra sa pipe.

La plage, il la voyait, de l'endroit où il était, mais elle était trop loin pour qu'il pût distinguer un corps parmi les charrettes qui chargeaient du galet.

Quand il traversa le marché au poisson, la criée était finie et l'on nettoyait les dalles à grande eau. De l'autre côté du bassin, la cabine de verre était éclairée par le soleil et Maloin voyait nettement la silhouette de son collègue.

« Donne-moi un coup de calvados », dit-il en s'accoudant à un comptoir de bistrot.

Allait-il rencontrer le clown ? C'est ainsi qu'il l'appelait maintenant. Il n'avait pas, à proprement parler, envie de le revoir et pourtant, dans les rues, il le cherchait autour de lui.

La digue-promenade était déserte, les grands hôtels étaient fermés pour l'hiver, volets clos, ou de la craie étalée sur les vitres. Le casino était fermé aussi, et les boutiques de luxe qui l'entouraient. C'était un endroit où Maloin ne venait jamais, l'été parce que ce n'était pas sa place, l'hiver parce qu'il n'y avait rien à y faire. Quelques mères promenaient leur enfant le long de la digue. Un tombereau passa, chargé de galets, et sur la plage des hommes en remuaient d'autres à grands coups de pelle.

Maloin marchait lentement, les mains dans les poches, en fumant sa pipe, et il avait l'air d'un brave ouvrier qui prend l'air. C'était un regard calme en apparence qu'il promenait sur l'extrême bord de la mer frangée de varech.

Il n'y avait pas de cadavre. Un seul tas d'algues pouvait à la rigueur passer de loin pour un corps et il alla le voir de près, et donna même un coup de pied. Il revint vers la digue sans lever la tête et ce n'est qu'en gravissant les marches qu'il se trouva nez à nez avec son clown.

Leurs yeux, comme le matin, se trouvèrent aussitôt. Les plus effrayés étaient certes ceux de l'Anglais. Maloin remarqua qu'il avait le nez bleuâtre de froid et que ses lèvres faisaient trembler la cigarette.

S'il eût continué de monter, ils se seraient frôlés en se croisant. Aussi Maloin, gêné comme quand on fait un mensonge, se retourna-t-il vers la mer en feignant de la contempler. Il écoutait. Il entendit des pas qui faiblissaient. Quand il fit volte-face, l'homme de Londres était déjà loin, marchant à si grands pas qu'il faisait penser à une sauterelle.

Quel genre d'être était-ce ? Il n'avait pas une tête de brute. Au contraire ! il avait plutôt l'air d'un pauvre diable mal portant qui traîne une vie solitaire.

Néanmoins, il avait apporté de Londres une valise qui contenait cinq cent quarante mille francs et il avait tué son compagnon pour ne pas partager.

Quant au mort... Au fait, Maloin ne savait pas du tout ce que pouvait être le mort. Il ne l'avait vu que de loin, dans la nuit. Il savait qu'il était vêtu de gris et qu'il était un peu plus corpulent que l'autre. C'était tout !

Il passa devant l'hôtel de Newhaven, le seul hôtel de la digue qui restât ouvert, car il avait sa clientèle de voyageurs de commerce. Le clown avait disparu derrière le casino et Maloin ne voulait pas le revoir.

« J'ai cinq cent quarante mille francs », se dit-il sans conviction, pour dissiper un malaise qui l'alourdissait.

Il était à cent mètres de la boucherie où sa fille travaillait comme bonne à tout faire. N'était-ce pas curieux ? En passant, il ne la vit pas, puisqu'elle se tenait dans la cuisine. Mais Mme Laîné, assise à la caisse, lui adressa un signe de tête.

« Tu ne te doutes pas que je suis plus riche que toi ! » grommela-t-il.

Pourquoi était-il de mauvais poil, alors ? Il entra au café Suisse, en se disant qu'un apéritif ou deux le mettraient en train. Il était presque midi. Les voyageurs arrivaient pour le bateau de une heure et les mêmes manœuvres que la nuit se succédaient. Après avoir bu deux verres, il éprouva le besoin de gagner sa cabine vitrée où il arriva essoufflé.

« Qu'est-ce que tu viens faire ? » s'étonna son collègue.

Maloin l'observa d'un œil soupçonneux. Il sentait qu'il avait tort, mais c'était plus fort que lui.

« Cela t'ennuie de me voir ?

— Pourquoi cela m'ennuierait-il ?

— On le dirait ! »

La sonnerie tinta. L'aiguilleur donna la voie 3 tandis que Maloin regardait son armoire. Il aurait voulu dire quelque chose, pour effacer la mauvaise impression. Il ne trouvait rien. Et d'ailleurs, il ne voulait pas avoir l'air de faire les premiers pas. Pourquoi son collègue se taisait-il, lui ?

Il attendit deux minutes, trois minutes, debout au milieu de la cabine, à faire semblant de suivre des yeux un chalutier qui rentrait. Enfin il poussa un soupir et s'en alla sans rien dire.

« Tant pis !... » grogna-t-il en descendant l'échelle de fer.

La porte du Moulin-Rouge était ouverte. Deux femmes lavaient le plancher et le patron, un ancien barman de Paris, passait la glace du bar au blanc d'Espagne.

Maloin rentra chez lui. En passant, il acheta un journal qu'il déploya devant son couvert.

« Tu ne me racontes rien ? demanda sa femme.

— Je n'ai rien à raconter. »

Il aurait pu y avoir quelque chose dans le journal, ne fût-ce que deux lignes au sujet de la valise, ou d'un vol commis en Angleterre, ou de fausse monnaie.

A cette pensée, son front se creusa de deux rides. Si c'était de la fausse monnaie ? Il n'imaginait pas un cambrioleur, ni même un escroc, avec la tête du clown. Mais un faux-monnayeur qui travaille dans une cave, s'acharne à un travail méticuleux, manie des encres et des acides ?...

« Qu'est-ce que tu as ? » demanda sa femme.

Ce qu'il avait ? Il était furieux ! Ou plutôt il avait peur de devoir être furieux car, si c'était de la fausse monnaie...

« Tu ne manges plus ?

— Non ! »

Surtout, qu'elle ne s'avise pas de le harceler de questions ! Il ne pouvait pas rester assis. Debout, il avait envie de marcher. Et il ne savait pas où aller.

Est-ce qu'on n'allait pas tout au moins retrouver le cadavre ? Tout à l'heure, il ferait noir et ce serait pour le lendemain. Qui sait ? Le noyé était capable de s'être accroché à un des vieux filins qui traînent au fond du bassin et, dans ce cas, il n'y avait rien à espérer : on le repêcherait dans un mois, ou jamais !

« Pourquoi Ernest n'est-il pas ici ?

— Tu oublies que c'est le jour où il mange chez sa tante. »

Il retourna en ville. A trois heures et demie, déjà, on alluma les lampes des vitrines et les réverbères. La cage de verre s'éclaira, elle aussi, près de la gare maritime. Pendant un quart d'heure environ Maloin eut sommeil, mais cela lui passa.

Il finit par s'installer dans un coin du café Suisse, où il y avait du moins la musique d'un phonographe. Juste en face de lui, dans le coin opposé, Camélia était assise, bien habillée, un renard autour du cou. Il lui sourit. Elle lui adressa un petit signe et il faillit lui proposer de l'emmener. Ce serait toujours une heure de passée. Ce qui le fit hésiter, c'est qu'il n'avait qu'une vingtaine de francs en poche.

Quel moyen avait-il de savoir si la valise contenait ou non de la fausse monnaie ? Il ne pouvait pas présenter un billet à la banque. Si seulement les journaux...

Il ouvrit ceux de Paris qui venaient d'arriver et, pendant tout un temps, il resta immobile, tassé dans son coin, bien au chaud, enveloppé de musique. Des gens jouaient aux dominos à la table voisine. La somnolence le reprenait, mais ce n'était pas désagréable.

La porte s'ouvrit. Elle s'était déjà ouverte vingt fois sans qu'il s'en occupât, mais cette fois il leva vivement la tête et il vit son clown qui entrait et s'asseyait à une des tables.

Ils n'étaient pas à trois mètres l'un de l'autre. L'Anglais ne l'avait pas vu. Quand le garçon s'approcha, il prononça :

« Un cognac. »

D'un moment à l'autre il tournerait la tête et apercevrait Maloin. S'il en fut empêché, ce fut par Camélia qui s'installa d'autorité à côté de lui et lui tendit la main.

« Où est ton ami ? questionna-t-elle à brûle-pourpoint. Il m'avait donné rendez-vous à quatre heures. Il en est presque cinq. »

Maloin entendait. Il avait peur de ce qui allait arriver. Il lui semblait que cela devait fatalement finir par un éclat. En détournant le regard de Camélia, l'homme de Londres le posa sur l'aiguilleur et il y eut un court effroi dans ses prunelles.

« Je ne sais pas. Je crois qu'il est parti pour Paris. »

Il avait de l'accent, mais pas beaucoup. Il parlait lentement, sans quitter Maloin des yeux. Camélia lui toucha le bras pour l'obliger à se tourner vers elle.

« Que serait-il allé faire à Paris ? »

Pris entre deux feux, le clown restait calme, il essaya même de sourire.

« Est-ce que je peux savoir, moi ? Teddy ne me racontait pas tout. »

Maloin faisait une nouvelle découverte : l'homme avait les dents gâtées ou jaunies par le tabac.

« Garçon ! appela-t-il.

— Tu es sûr que Teddy n'est plus à Dieppe ? »

C'était à croire que Camélia soupçonnait la vérité. Elle avait un regard lourd que Maloin n'eût pas aimé voir posé sur lui.

« Cinq francs cinquante, avec le verre de Madame. »

Il paya, sans regarder l'aiguilleur, et il sortit par l'autre porte afin de ne pas se tourner vers lui. Restée seule, Camélia se mit de la poudre et du rouge à lèvres, appela le garçon à son tour.

« Joseph, si l'on me demandait, tu dirais que je

n'ai pas pu attendre plus longtemps... *Il* n'a qu'à venir ce soir au Moulin-Rouge. »

Quand un homme vêtu d'un imperméable pénétra dans l'hôtel de Newhaven, la patronne qui trônait au bureau, dans le fond du hall, se tourna vers un judas qui communiquait avec l'office.

« Germain ! Mettez le couvert de M. Brown. »

Et elle sourit à M. Brown qui accrochait son imperméable au portemanteau.

« Vous avez fait une bonne promenade ? Il me semble que vous n'êtes pas très couvert pour la saison. Ici, à Dieppe, les vents sont humides. »

Il approuva de la tête, sourit aussi, ou plutôt esquissa un semblant de sourire et se tourna vers le bar.

« Germain ! appela de nouveau la patronne. M. Brown vous appelle au bar. »

C'était une femme grasse et gaie qui n'avait besoin d'aucun effort pour être aimable.

« Un whisky, monsieur Brown ? » demanda Germain, qui avait déjà la bouteille à la main.

L'homme de Londres s'était assis dans un fauteuil de cuir et l'on sentait qu'il n'avait rien à faire. Il regardait devant lui sans penser ou, s'il pensait à quelque chose, il n'y en avait pas trace sur son visage.

L'hôtelière le trouvait distingué, d'abord parce

qu'il était grand et mince, ensuite parce qu'il ne parlait pas beaucoup et qu'il ne riait jamais.

« Vous comptez rester longtemps avec nous, monsieur Brown ?

— Je ne sais pas. Peut-être.

— Si vous avez envie d'un plat spécial, il ne faut pas vous gêner. L'hiver, mon mari a le temps. »

Il hocha affirmativement la tête.

« A quelle heure avez-vous l'habitude de vous lever ? On vous portera le petit déjeuner dans votre lit. »

Il étira poliment les lèvres, but son whisky, se leva en soupirant, promena son grand corps dans le hall, le replia à nouveau dans un fauteuil, mais cette fois c'était un fauteuil du salon.

« Germain ! Allez faire de la lumière. »

M. Brown regardait toujours devant lui d'un air triste et quand il s'installa seul à une table, non loin de deux voyageurs de commerce, personne ne se doutait qu'il lui restait tout juste une livre sterling en poche.

Quant à Maloin, il ne s'aperçut même pas, au dîner, que son fils mettait les coudes sur la table.

« Je pense que tu couves une bonne grippe, risqua sa femme.

— Tu as toujours des idées stupides », répliqua-t-il.

Il prit son bidon de café, ses tartines et il les

embrassa tous deux au front, sa femme et le gamin, mit sa casquette sur la tête.

On aurait bien étonné Mme Maloin en lui disant que son mari avait peur ! Et, par-dessus le marché, peur de l'obscurité !

La descente, jusqu'au quai, n'était pas éclairée. Il la franchit à pas si précipités qu'il faillit glisser. En même temps, il pensait que l'idée de sa femme n'était peut-être pas si mauvaise que cela.

Il n'avait qu'à avoir la grippe ! On lui donnerait un congé d'une semaine.

Les lumières des quais se reflétaient dans le bassin où Baptiste poussait *La Grâce de Dieu* vers les jetées afin de relever ses lignes et ses casiers.

« Salut, Maloin ! »

La voix s'exhalait de l'obscurité humide où tremblait la petite lumière du bachot et cette lueur paraissait lointaine, alors qu'elle était tout près.

« Salut, Baptiste ! »

Peut-être Maloin eût-il été plus en train s'il eût dormi ? En passant il jeta un coup d'œil à l'intérieur du café Suisse, mais son Anglais n'y était pas et c'est tout renfrogné qu'il pénétra dans sa cabine avec deux minutes de retard, prit son poste sans dire mot à son collègue.

Le Moulin-Rouge était éclairé. Les musiciens arrivaient. Maloin s'assit près du poêle et regarda ses leviers.

3

QUAND, le lendemain matin, il entra dans la cuisine en traînant les pieds, sa femme n'eut pas besoin de le regarder pour dire :

« Tu vois que tu couvais la grippe ? Qui avait raison ? »

Elle n'avait pas du tout raison, puisqu'il n'avait pas la grippe, mais son exclamation prouvait à Maloin qu'il avait l'air malade. Il est vrai que sa femme avait un flair particulier pour déceler ce qui n'allait pas, de préférence des choses malpropres ou honteuses, ou simplement gênantes. Elle était la première à apercevoir un bouton sur la figure de quelqu'un ou à deviner un mensonge d'Ernest.

« Ne mange pas trop. Je vais te préparer un grog. »

D'habitude, en rentrant, il mangeait de la viande et des pommes de terre réchauffées, mais cette fois il ne s'assit même pas à sa place et après un regard hargneux autour de lui, il se dirigea vers l'escalier.

Il n'avait jamais été aussi fatigué. C'était pis que de la fatigue : son corps était endolori, sa tête lui faisait mal, ses yeux picotaient. Et surtout, il était aussi écœuré qu'après ses plus méchantes ivresses.

« Laisse-moi tranquille ! » ordonna-t-il à sa femme qui faisait mine de le suivre dans l'escalier.

Il ne voulait pas la voir rôder autour de son lit en égrenant des recommandations et en se lamentant.

« Tu ne boiras pas de grog ? »

Pour toute réponse, il referma la porte d'un coup de pied. La sirène de brume lui faisait éclater les oreilles. La chambre était froide. Il lança un soulier à gauche, l'autre à droite, son pantalon sur le dossier d'une chaise et resta un moment, en chemise, à contempler ses pieds.

Allait-il encore penser ? N'était-ce pas assez de toute cette nuit ? Sournoisement, comme pour un mauvais coup, il marcha jusqu'à la fenêtre, pieds nus, et l'ouvrit d'un mouvement brusque qui fit craquer le bois.

Dehors, c'était plein de brouillard, mais il n'empêcha pas Maloin, dont le buste jaillit de la fenêtre comme un diable d'une boîte, d'apercevoir l'homme à cinquante mètres de la maison.

Il fut satisfait de l'avoir effrayé. Car il ne doutait pas de l'avoir effrayé en ouvrant soudain cette fenêtre et en émergeant à moitié au-dessus de la rue. C'était si vrai que l'Anglais, sans se retourner, dévalait la pente en direction de la ville…

Maloin se coucha en parlant tout seul, comme dans sa cage.

« Faut que je dorme, sinon je ne tiendrai pas le coup ! »

Quelle nuit il avait passée ! Il ne s'était rien produit de tragique, rien qui valût la peine d'être raconté. La nuit précédente avait été mille fois plus dramatique, puisqu'un homme avait été tué à quelques mètres de Maloin, et pourtant elle ne lui avait laissé aucune impression.

Cela tenait peut-être à ce que, maintenant, il connaissait l'assassin ? Non pas qu'il lui eût parlé ! Il ne savait pas son nom, ni sa profession, ni pourquoi il avait tué, ni s'il avait volé ou fabriqué de la fausse monnaie. Il ne savait rien de rien, mais il le connaissait !

Au point que son visage lui était déjà plus familier que, par exemple, celui de son beau-frère, bien qu'il vît son beau-frère tous les mois depuis quinze ans.

Jusqu'à minuit, les quais étaient restés vides et l'arrivée du bateau de Newhaven avait eu lieu comme d'habitude, plutôt calme car il y avait très peu de passagers. A ce moment-là encore, la nuit était claire, mais il sembla que le navire apportait le brouillard avec lui car la buée commença à raser l'eau, puis s'éleva lentement, blanchie par la lune.

Alors qu'il n'avait rien à faire, Maloin avait tellement chargé son petit poêle que la fonte en était rouge et qu'il fut nécessaire d'ouvrir une vitre. Cela lui arrivait souvent car, quand toutes les fenêtres étaient fermées, il avait l'impression d'être sourd. Les vitres ouvertes, il entendait les moindres bruits et il les reconnaissait tous. Même en n'y faisant pas attention, il se disait :

« Tiens ! la *Francette* sort du port. Ils auront beau temps pour le chalut... »

Ou encore :

« Voilà M. Babu qui rentre avec sa voiture ! »

Il ne le connaissait pas autrement. C'était un armateur qui allait souvent au Havre et qui rentrait en auto. Comme sa maison était près de la gare maritime, Maloin entendait le moteur et c'était tout.

On déchargeait des salaisons à l'arrière du bateau anglais, mais les grincements du cabestan n'empêchaient pas de percevoir d'autres sons plus faibles et plus lointains si bien que, vers une heure, Maloin entendit l'eau clapoter de l'autre côté du bassin, là où Baptiste amarrait son bachot.

Il comprit tout de suite. Il se demanda seulement si Baptiste était ou non à bord avec l'inconnu. Quand le bachot fut au milieu du bassin, dans la buée encore transparente, on put s'assurer qu'il ne portait qu'un homme et que c'était l'Anglais.

Il n'était pas marin, car il ne savait pas godiller. Comme il n'y avait qu'un aviron, il devait être mal à l'aise, surtout qu'il essayait de ne pas faire de bruit. Il donnait un coup de rame à droite, puis un à gauche, et malgré ses précautions la rame heurtait chaque fois le bord. La barque n'allait pas droit. C'était étrange à voir ainsi dans la brume un homme en chapeau mou qui s'évertuait à diriger le bachot trapu.

Maloin avait commencé par regarder curieusement et peu à peu l'obsession le gagna, l'empêcha de détourner les yeux, de voir ou d'entendre autre chose. En même temps, alors que le brouillard s'épaississait, que le bateau et l'homme n'étaient parfois qu'un halo, il les voyait, il voyait surtout dans ses moindres détails le visage de l'Anglais.

Il n'aurait pas pu évoquer aussi nettement les traits de son beau-frère ou même de sa femme, sans une partie floue ou figée, sans un vide.

Le bachot avançait par saccades et Maloin était sûr que l'homme au nez pointu regardait l'eau de ses yeux tristes, à la fois anxieux et résignés. Quand l'ombre se redressait, il savait que c'était pour observer la cage suspendue dans le ciel comme une lanterne vénitienne.

La barque atteignit l'endroit où la valise était tombée et l'aviron fut rentré, l'homme se leva, rendu maladroit et hésitant par les mouvements du bachot.

Maloin devina chaque geste : la ligne que l'Anglais démêlait, puis le grappin qui accrochait le bord au passage et qui prenait contact avec l'eau.

Le premier coup de sirène retentit au bout de la jetée et dix minutes plus tard le brouillard avait envahi les moindres recoins, bouchant jusqu'à la porte éclairée du Moulin-Rouge.

Maloin aurait pu en profiter pour penser à autre chose, pour lire son journal ou pour sommeiller au coin du feu.

Il resta debout, près de la vitre, à modérer sa respiration pour ne pas perdre un bruit, et son front se plissait quand un grincement du cabestan couvrait le clapotis.

L'homme, à vol d'oiseau, était à quinze mètres de lui. Il n'était pas au courant du rythme des marées et il ne pensait pas au jusant qui le déportait lentement vers la mer.

Il promenait son grappin dans l'eau, à petits coups, mais quand il regardait autour de lui, il s'apercevait qu'il n'était plus à la même place et une fois même, il heurta le remorqueur de la Marine. Baptiste, Maloin ou n'importe qui aurait maintenu l'embarcation en place en godillant d'une main et en maniant le grappin de l'autre.

Le brouillard était aussi blanc et froid que la

glace, à croire qu'il était solide et plusieurs fois Maloin faillit tousser. Que serait-il arrivé dans ce cas ? L'homme aurait levé la tête, car dans la brume, les bruits semblent encore plus proches qu'ils le sont en réalité. Il aurait peut-être lâché la ligne et perdu le grappin ? Qui sait ? Dans son affolement, il aurait pu laisser glisser son aviron à l'eau et il serait parti mollement vers les jetées.

Aurait-il eu le courage de crier ?

Il n'osait pas rester debout, par crainte de perdre l'équilibre. Assis, il était moins libre de ses mouvements et il cherchait une meilleure position.

Maloin donna rageusement la voie à une rame de wagons et reprit sa place à la vitre.

Pas un instant il ne pensa au mort qui ne l'intéressait pas, ou plutôt qui restait en dehors de ses préoccupations. Il ne l'avait même pas vu ! Il avait aperçu un pardessus, un chapeau. Une forme avait vacillé au bord du quai.

D'ailleurs, le mort n'avait plus besoin de la valise, puisqu'il était mort.

Tandis que le clown, lui, devait en avoir un rude besoin ! C'était même incroyable. Car, enfin, il avait bel et bien commis un crime, à cette même place, la nuit précédente ! Il ignorait si l'on n'avait pas retrouvé le cadavre, si personne n'avait assisté à la scène et n'avait parlé.

Il était impossible qu'il n'y pensât pas et malgré

ça, au lieu de quitter Dieppe par le premier train ou le premier bateau, il restait là avec la mine de quelqu'un qui se ronge les sangs !

Il se rongeait déjà les sangs le matin en regardant avec envie le bateau de Baptiste qui évoluait dans le bassin. Maloin avait prévu dès ce moment qu'il reviendrait mais il avait néanmoins froid dans le dos tandis que l'Anglais s'obstinait dans l'obscurité humide. Savait-il seulement nager ?

« Faut-il qu'il y tienne ! »

Maloin aurait pu s'en moquer, ou tout au moins sourire, puisque l'argent était dans l'armoire. Au contraire, il en avait de la peine. Il s'impatientait en entendant le clown fouiller l'eau de son ridicule grappin. Il serait bien attrapé si, au lieu de la valise, il accrochait le cadavre !

Est-ce que par hasard il n'avait même pas de quoi quitter Dieppe ? Est-ce que l'argent était destiné à quelqu'un d'autre ?

C'était la première nuit que Maloin oubliait de fumer sa pipe. Il entendit des voix du côté du Moulin-Rouge, reconnut celle de Camélia. On ferma la porte. Le volet dégringola. Les derniers pas furent ceux du garçon qui habitait de l'autre côté de l'eau, non loin de chez Maloin.

C'est déjà crispant d'entendre pendant des heures un rat qui grignote une cloison. Mais entendre un homme qui grignote l'eau et le brouillard ! Et savoir que c'est inutile, qu'il ne trouvera rien ! Et imaginer son drôle de nez pincé par le désespoir !

Maloin aurait pu se dire que c'était bien fait pour lui mais il n'y pensait pas et à certain moment il étouffait d'impatience.

Une fois, il tira la clef de sa poche, ouvrit l'armoire et posa la valise sur la table. Elle était sèche, avec des traces d'humidité qui rappelaient les contours d'une carte de géographie. Sur les billets, il y avait les mêmes nuages jaunâtres. Et l'on entendait toujours les petits coups de rame.

Ne suffisait-il pas de crier :

« Hep ! L'homme... Attrape !... »

Et de lui lancer une poignée de billets pour qu'il tire son plan ?

« C'est impossible ! » soupira Maloin qui referma la valise, faillit laisser traîner sa clef sur la table. Quand il s'en aperçut, il pâlit, car il comprenait soudain qu'il était à la merci d'un oubli, d'un hasard, d'une maladresse. Son collègue aurait trouvé la clef. Il se serait dit :

« Tiens ! Maloin a peut-être du fil-en-six meilleur que le mien... »

Maloin avait déjà fait le coup, buvant à la bouteille des copains et remettant la même quantité d'eau à la place.

En pensant à de l'eau, Maloin évoqua les mains de l'homme qui traînaient dans le bassin et qui devaient être rouges de froid. Or, l'Anglais n'était pas habitué aux exercices violents, malgré la façon dont il avait donné le coup de poing.

Était-il arrivé de Londres avec l'idée de noyer son camarade ? Avaient-ils eu une dispute pendant qu'ils buvaient au Moulin-Rouge ?

Le plus énervant, c'était le bruit du grappin chaque fois qu'il pénétrait dans l'eau, toutes les deux ou trois minutes. En fin de compte, cela faisait des centaines de fois le même clapotis ! Et par-dessus tout, la sirène qui, elle aussi, avait son rythme, le plus puissant de tous, puissant à écraser la ville, à côté duquel les bruits du cabestan n'étaient qu'une musiquette.

A quatre heures du matin, Maloin aurait donné la moitié de ses billets pour voir le bachot s'éloigner. Et pourtant quand, à quatre heures et quart, il entendit le heurt de l'aviron et qu'il comprit que *La Grâce de Dieu* traversait le bassin, il sentit un vide et fut en proie à un malaise.

Il n'était plus question de voir. C'est à peine si la coque du bateau anglais mettait une ombre dans le brouillard. Les sons seuls étaient révélateurs, comme le bruit de la chaîne, quand l'homme amarra le canot, puis ses pas le long du quai, sur le pont de fer, le long du quai à nouveau. Maloin dit :

« Il vient ! »

Pour rentrer en ville, l'Anglais aurait dû tourner l'angle du café Suisse et dans ce cas le son se serait affaibli. Au contraire, il se rapprochait, atteignait le pied de la tour de fer.

Maloin s'assit, par prudence. Il pensait que, la cage étant éclairée, on pouvait apercevoir sa silhouette et la viser avec un revolver.

Il était à peine installé devant sa table recouverte d'un buvard déchiré, que l'échelle vibrait. On y touchait. Quelqu'un mettait le pied sur le premier échelon.

Il retint sa respiration. Il n'avait pas d'arme. En outre, pour rien au monde il n'aurait tiré sur l'homme de Londres. Il ne savait pas pourquoi, mais c'était ainsi.

« S'il ne monte pas, je donnerai cinq cents francs à la chapelle », décida-t-il.

C'était la chapelle édifiée au sommet de la falaise, non loin de sa maison, et les femmes de marins venaient y prier quand les bateaux n'étaient pas rentrés.

« Je les donnerai quand j'aurai changé les billets », corrigea-t-il en pensant qu'il ne pourrait pas distraire cinq cents francs de l'argent du ménage sans éveiller la méfiance de sa femme.

L'Anglais hésitait, en bas. C'était naturel. Peut-être lui avait-on dit que l'homme qu'il avait rencontré trois fois dans la journée était l'aiguilleur de nuit. Peut-être même avait-il suivi Maloin ?

L'idée lui était-elle venue que la valise avait été repêchée ?

Ils étaient deux, tout près l'un de l'autre, l'esprit préoccupé par un même sujet et chacun ignorait ce que l'autre savait et pensait.

« S'il vient, je lui rends la valise. »

L'homme avait gravi deux échelons.

« Il me donnera une partie pour ma peine... »

Maloin aurait bien crié. Cependant il était fort. Quatre ou cinq fois, au café, il lui était arrivé de se battre sans la moindre hésitation.

Ce qu'il y avait de terrible, c'est qu'il imaginait toujours la tête maigre et lugubre du clown qui pouvait apparaître d'un moment à l'autre au haut de l'échelle.

Non ! Il la lâchait. Il marchait. Des graviers crissaient sous ses semelles. Avait-il encore plus peur que Maloin ? N'était-il effrayé que par la sonnerie qui annonçait des wagons ? L'aiguilleur poussa bruyamment ses leviers, déclencha au loin des heurts de rails avec une satisfaction que ces manœuvres ne lui avaient jamais donnée.

Les estaminets du marché au poisson s'éclairaient. La nuit s'achevait. Encore une heure d'obscurité au plus, une heure pendant laquelle Maloin n'eut pas la moindre idée de ce que faisait son compagnon : il avait disparu ; il s'était fondu dans le brouillard qui devenait plus laiteux. Les bruits n'étaient plus que les bruits familiers du port et de la ville.

Pour tuer le temps, il y eut d'ailleurs la rentrée de deux chalutiers qui ne voyaient pas devant eux et qui avançaient à peine, en hurlant de toutes leurs sirènes. Quand ils furent entre les jetées, on perçut même la voix des vigies penchées sur l'étrave.

Maloin bourra sa première pipe et se versa un verre de fil-en-six, du fil-en-six de son collègue, justement, qui avait laissé sa bouteille près du poêle tout comme Maloin avait failli laisser sa clef.

La journée embrayait. Car c'était désormais un engrenage qui ne laissait plus place à l'imprévu : la cloche du marché, les voitures attelées, les camionnettes ; les paniers empilés qui avaient un crissement bien particulier d'osier froissé, le murmure des voix et les poissons mouillés qui tombaient à plat sur les dalles.

Il fallait aiguiller le train de marée et quand Maloin eut une dernière fois rechargé le poêle, il faisait jour, mais on n'y voyait guère plus que pendant la nuit, tant le brouillard était épais.

Des autos passèrent avec leurs phares allumés. Des fenêtres s'éclairèrent à des maisons, toujours les mêmes, des mêmes gens qui se levaient tôt.

« Ça va ? demanda le collègue en poussant la porte.

— Ça va ! » répondit-il en oubliant que la veille ils s'étaient fâchés.

Il regarda son armoire, s'assura qu'il avait la clef dans sa poche et descendit l'échelle dont les barreaux de fer étaient couverts d'une buée froide.

Il avait à peine dépassé la gare maritime qu'il apercevait l'homme devant lui, au bord du trottoir, l'imperméable maculé d'eau, le chapeau déformé, les mains dans les poches. L'homme le regardait. Il l'attendait. On pouvait prévoir qu'il allait faire deux pas en avant et parler.

Maloin ne se serait pas enfui. Il n'aurait pas fait un geste de défense. Il était résigné d'avance. Il écouterait, ferait ce qu'on lui dirait, même aller chercher la valise dans la cabine. Est-ce que cela ne se devinait pas à son attitude ?

Eh bien, malgré tout, l'homme n'avança pas, ne parla pas ; les yeux fiévreux, les narines pincées par le froid, la bouche amère, il regarda passer l'aiguilleur.

Maloin buta. Son pas était irrégulier. Il s'attendait à recevoir un coup, ou à un événement semblable. Il tourna à gauche parce qu'il en avait tellement l'habitude qu'il l'aurait fait les yeux fermés. Il n'osa pas se retourner, mais ce fut presque un soulagement d'entendre enfin les pas de l'homme derrière lui.

Les chauffeurs de taxi étaient à leur poste. Un agent de police marchait sur le trottoir.

On ne pouvait rien lui faire ! Il était en sûreté !

Quand il pataugea dans les entrailles de poisson, il sut qu'il traversait le marché mais il ne vit rien, du moins aucun détail, car il n'y avait pas seulement du brouillard autour de lui, mais il en avait plein la tête.

L'homme suivait, l'homme gravissait le raidillon et voilà que sa femme disait le plus sérieusement du monde :

« Tu vois que tu couvais la grippe ! »

Une bonne grippe, c'était son affaire, à elle, c'était l'occasion de faire des tisanes, d'avoir l'air encore plus triste et de bousculer le gamin sans que le père intervînt. Il était courbaturé, vidé, flapi et pourtant il lui fallait absolument penser.

Non pas penser comme sa femme, qui discutait pendant trois jours de l'achat d'une casserole ou des leçons de violon d'Ernest, un violon dont on avait parlé dans la maison et chez le beau-frère pendant un an et plus.

Penser ! L'homme était peut-être parti, mais il rôdait peut-être autour de la maison. Il savait que Maloin savait ! En tout cas que Maloin pouvait savoir !

Il était trop tard pour porter la valise à la police. Même s'il n'avait pas été trop tard, Maloin ne s'y serait décidé qu'à contrecœur.

Si l'Anglais restait à Dieppe, que se passerait-il ? Continuerait-il à montrer sa tête de clown à tous les coins de rue ?

Maloin se leva et ouvrit une seconde fois la fenêtre, aussi brusquement que la première, mais il ne vit que la femme d'un pêcheur — justement la femme de Baptiste — qui vendait du poisson de porte en porte. Il regarda de haut en bas sa femme qui achetait des harengs, après avoir marchandé. Encore des harengs !

Il avait un peu dormi et derrière le brouillard on devinait maintenant le disque jaunâtre du soleil.

La veille, à la même heure, Maloin était dehors, contre son habitude. Peut-être parce que c'était exceptionnel, il gardait un souvenir agréable de cette balade, surtout des verres qu'il avait pris au café Suisse, qui n'était pas une buvette mais le plus beau café de la ville.

Il est plus facile de penser dehors, dans le bruit, dans la foule, dans le mouvement. On ne s'y fait pas un monde des moindres choses. Il s'habilla et, au bruit, sa femme accourut comme il s'y attendait.

« J'espère que tu ne vas pas sortir ? »

Il aurait bien voulu éviter une scène, mais c'était impossible.

« Fiche-moi la paix !

— Et tout à l'heure tu viendras te plaindre que

tu es malade ! C'est moi qui devrai encore te soigner... »

N'est-ce pas curieux qu'on vive vingt-deux ans avec une femme, qu'on ait des enfants ensemble, qu'on partage l'argent et qu'en fin de compte on soit toujours des étrangers ? C'était sa faute à elle, qui ne comprenait rien et qui geignait toujours. Elle n'admettait même pas que les jours où il allait jouer aux quilles, il revienne un peu éméché et jamais elle ne lui avait demandé s'il avait gagné ; mieux encore, elle était la seule à ignorer qu'il était le plus fort joueur de Dieppe !

« Je t'assure, Louis...

— Ça va ! »

Maintenant, elle était un peu habituée, mais au début, pour un mot pareil, elle pleurait des trois jours d'affilée.

« C'est moi qui ai la responsabilité du ménage, pas vrai ? lui dit-il, les yeux dans les yeux. C'est moi qui travaille ! C'est moi qui apporte de quoi bouffer ! Et si demain je te disais que nous sommes riches ?... Hein ?... Si demain je te montrais des centaines de mille ?... »

Il la défiait. Elle reculait, non pas éblouie, mais désireuse de couper court à la scène. C'était le contraire de ce qu'il cherchait.

« Je n'en suis pas capable, peut-être ? C'est ce que tu penses, n'est-ce pas ? Il n'y a que ton beau-frère d'intelligent, parce qu'il est employé de banque ! Attends ! Je lui en donnerai, moi, de l'argent à placer... »

Sur le moment, il en fut soulagé et il endossa son meilleur complet de gros drap bleu, le même que portent les pêcheurs le dimanche.

« Tu oublies un mouchoir, dit-elle.

— Je n'oublie rien du tout, mets-toi bien ça dans la tête ! »

Il fut tenté de se sourire dans la glace et sortit en haussant les épaules. Devant la maison, il n'y avait qu'un bout de trottoir, car il n'y avait pas encore de vraie rue. Il évita de marcher dans les flaques d'eau avec ses souliers propres. Au sommet du raidillon, il rencontra Ernest qui revenait de l'école et embrassa sa joue froide.

« Dépêche-toi ! Ta mère t'attend. »

Enfin il descendit vers le bassin en se disant qu'il devait penser. De temps en temps il regardait autour de lui, étonné, inquiet de ne pas voir l'homme.

4

Il était à peu près quatre heures et demie, car les lampes étaient allumées depuis un bon moment, quand Maloin aperçut l'Anglais qui sortait du bureau de poste. Il pressa le pas afin de le suivre à distance et tous deux marchèrent ainsi le long des vitrines.

Qu'est-ce que l'homme avait fait depuis le matin ? Avait-il dormi ? Avait-il encore rôdé autour du bassin ? C'était improbable, car il eût rencontré Maloin qui y était passé une dizaine de fois.

Il marchait vite. Il faisait froid. Le brouillard régnait toujours et la sirène continuait à gémir au bout de la jetée.

Après le magasin d'antiquités, l'homme tourna à droite et ce fut presque tout. Un tronçon de ruelle menait à la digue, à courte distance de l'hôtel de Newhaven. L'hôtel était signalé par deux boules en verre dépoli qui flottaient dans le brouillard comme des lunes. A gauche, dans le noir absolu, on sentait l'haleine de la mer.

L'Anglais eut-il l'impression qu'on le suivait ? Il ne se retourna pas, marcha plus vite, mais c'était peut-être qu'il arrivait à destination.

L'hôtel comportait d'abord un large vestibule meublé de chaises, de fauteuils, de portemanteaux. Au fond, ce vestibule s'élargissait encore, devenait hall, avec un bureau à gauche, un bar américain à droite.

Un homme était assis dans un fauteuil de rotin, son chapeau melon sur les genoux, et il était si calme, il regardait devant lui avec tant de patience qu'il avait l'air d'être installé dans un train. Ce qu'il regardait, c'était le vestibule éclairé au bout duquel la nuit humide se dressait comme un mur.

Il vit jaillir de l'ombre l'imperméable de l'Anglais. De sa place, la patronne qui terminait une addition ne voyait rien, mais elle avait la faculté de reconnaître les gens à leurs pas.

« C'est justement M. Brown », dit-elle en souriant.

Alors que M. Brown était à mi-longueur du vestibule, une silhouette plus courte s'éclaira à peine sur le trottoir, resta quelques instants en suspens et disparut. C'était Maloin.

L'homme de Londres ne savait pas qu'on l'attendait et il regardait à terre en marchant. Quand il leva la tête, il n'était plus qu'à trois pas du fauteuil de rotin. Son nez se pinça. Sa bouche mince esquissa une grimace qu'il essaya de terminer en sourire, et le visiteur qui s'était levé dit en anglais, la main tendue :

« Enchanté de vous rencontrer, monsieur Brown. »

Brown avait-il tendu la main aussi, ou bien son interlocuteur l'avait-il prise de force ? En tout cas, il la serrait longuement, vigoureusement, comme s'il ne devait plus la lâcher.

L'hôtelière, aimable, expliquait :

« Votre ami est arrivé que vous veniez à peine de sortir. Par ce brouillard, il a préféré attendre que vous chercher en ville. »

Et le visage de Brown, tourné vers elle, tenta encore une grimace reconnaissante.

« Voulez-vous que je vous éclaire le salon ? »

C'était une pièce vitrée, à gauche du vestibule, en face de la salle à manger qui était à droite. L'hôtesse manipula les boutons d'un tableau et la pièce s'éclaira, grise et triste comme le salon d'un dentiste, avec les mêmes revues sur la table. Sans perdre de temps, la patronne ouvrait le guichet de l'office.

« Germain ! Voyez donc ce que ces messieurs désirent boire. »

Le visiteur avait quand même lâché la main de Brown qui restait devant lui sans rien dire, sans rien faire, comme si désormais toute initiative lui eût été retirée.

« Un whisky, monsieur Brown ? s'empressa Germain. Et vous, monsieur ?

— Très bien ! Deux whiskies. »

Ils entrèrent au salon et Brown se débarrassa de son imperméable, tandis que son compagnon s'asseyait dans un fauteuil et croisait les jambes.

« Vous êtes étonné de me voir, monsieur Brown ? »

Ils étaient du même âge, mais l'homme au chapeau melon avait une telle confiance en lui, qu'il en devenait agressif. Germain servit le whisky. Les deux compagnons ne refermèrent pas la porte, car ils étaient plus tranquilles ainsi, à condition de ne pas parler trop fort. Ce fut le visiteur qui ouvrit le feu.

« Je mentirais en disant que je ne m'attendais pas à vous trouver à Dieppe, car c'est une manie chez vous de faire de temps en temps un tour sur le continent. »

Brown ne disait rien, ne paraissait même pas disposé à prendre part à la conversation. Il regardait son interlocuteur de ses yeux tristes, gardait les mains croisées sur son genou.

« A propos, vous avez dû rencontrer votre bon ami Teddy ? Non ? Vous vous êtes manqués ? Et pourtant il a été signalé à Dieppe au moment où vous y arriviez. »

A travers les vitres, ils apercevaient l'hôtelière qui préparait les notes de deux voyageurs et qui parfois jetait un coup d'œil de leur côté.

« Vous avez l'air fatigué, monsieur Brown. Malade, peut-être ? Toujours votre foie qui vous tracasse ? »

Brown soupira et croisa ses jambes en sens inverse, joignit à nouveau les mains sur un genou.

« Savez-vous, poursuivit l'autre, que j'ai eu toutes les peines du monde à empêcher le vieux Mitchel de m'accompagner ? »

Brown ne tressaillit pas, resta morne, aussi impassible, et ce fut son compagnon qui se leva, impatienté, fit deux fois le tour du salon et, passant derrière l'homme de Londres, lui posa soudain les mains sur les épaules. Cette fois-ci, il y eut un tressaillement, mais bref, et rien qu'un. Les jambes ne se décroisèrent pas.

« Jouons cartes sur table, monsieur Brown ! »

Il se rassit, moins désinvolte, presque cordial.

« Vous connaissez le vieux Mitchel aussi bien que moi. Au fait, il avait déjà le Palladium il y a quinze ans, quand vous débutiez au music-hall, et si je me souviens bien il vous a signé plusieurs engagements… Une bien belle salle !… Et surtout une façade magnifique, en grosses pierres grises… Vous la voyez d'ici, n'est-ce pas ?… Le trottoir illuminé, les autos qui viennent se ranger devant le perron, les deux policemen en faction, le portier, les chasseurs... Au-dessus de la grande porte, des lettres lumineuses qui annoncent le spectacle... Elles sont éblouissantes !... Tellement éblouissantes que ce qui se trouve derrière elles en devient complètement noir... Le mur, par exemple, c'est-à-dire toute la partie de la façade située au-dessus de l'entresol... »

M. Brown alluma une cigarette, avec des gestes précis, remit ses mains sur ses genoux.

« Vous connaissez aussi le bureau de Mitchel, n'est-il pas vrai ? C'est tout en haut, sous les toits, au même niveau que la corniche qui domine la salle... Mitchel n'a jamais voulu changer de bureau, en dépit des artistes qui n'aiment pas gravir un escalier de fer de six ou sept étages, je ne sais plus au juste... »

L'hôtelière donnait des ordres à Germain qui commença, dans la salle à manger, à dresser les couverts.

Il parut un instant au seuil du salon pour demander :

« Ces messieurs mangent-ils ensemble ?

— Bien entendu ! »

Brown, lui, n'avait pas répondu.

« Enfin, vous savez, monsieur Brown, que samedi de la semaine dernière Mitchel s'est décidé à vendre son établissement à une société cinématographique. Toute la presse en a parlé, s'est attendrie sur le vieux music-hall qui disparaît.

Vous savez peut-être aussi que la vente a eu lieu à trois heures dans le bureau de Mitchel et que les acquéreurs ont versé aussitôt un acompte de cinq mille livres.

« C'est très curieux, car on dit que Mitchel ne s'est résigné que pour doter sa fille. Mais cela ne nous intéresse pas pour le moment. Occupons-nous de l'après-midi et de la soirée de samedi.

« Les banknotes sont dans le coffre de Mitchel, car les banques sont fermées. Le spectacle de matinée a lieu et Mitchel, comme d'habitude, ne sort même pas du théâtre pour dîner, mais mange des sandwiches à son bar.

« Vous connaissez le bar ? C'est celui du premier étage, en façade, dont les fenêtres donnent précisément derrière les lettres lumineuses de l'enseigne. Une de ces fenêtres est toujours entrouverte, à cause de la fumée des pipes et des cigarettes.

« A huit heures du soir, l'argent est toujours dans le coffre. A huit heures et demie, Mitchel descend et prend à la caisse la recette de la journée qu'il porte ensuite dans son bureau. Au pied de l'escalier de fer qui conduit à son bureau, il y a en permanence un employé dont la consigne est de ne laisser passer personne. A quelques mètres de son bureau, sur la corniche, Mitchel s'est aménagé une petite place d'où il voit à la fois la salle et le spectacle. »

Brown écoutait docilement.

« J'ai fini, ou presque. Mais suivez bien. Mitchel a quitté son bureau et passe exactement vingt minutes sur la corniche de la salle. Quand il revient, le coffre-fort est vide. Personne n'est passé, en montant ou en descendant, par l'escalier. L'employé de garde l'affirme. Par contre, j'apprends un peu plus tard que mon vieux Brown a bu un verre de bière au bar.

« Vous y êtes ? On n'a pu passer que par la façade, c'est-à-dire en se hissant verticalement le long du mur en se servant des jointures des pierres. Or, un seul homme, à mon avis, est capable de cette acrobatie. Maintenant j'en viens à ma mission... »

Des éclats de voix annoncèrent l'arrivée d'un groupe de voyageurs de commerce qui, au lieu de pénétrer au salon, s'installèrent au bar. Brown avait encore une fois croisé et décroisé les jambes

« Le père Mitchel n'est pas un mauvais homme. Des gens prétendent qu'en faisant travailler les artistes pendant trente ans, d'abord en province, puis à Londres, il a amassé une fortune. Je puis vous jurer qu'il n'en est rien et que les cinq mille livres qu'il a reçues sont à peu près tout ce qui lui reste pour doter sa fille et finir ses jours.

« Il m'a appelé à son bureau, le bureau que vous connaissez. Il m'a déclaré qu'il se moquait de faire punir le voleur mais qu'il voulait coûte que coûte retrouver son argent, tout au moins en partie. Vous comprenez ? »

Brown devait avoir la gorge sèche, car il avala une gorgée de whisky après l'avoir gardée un bon moment dans la bouche.

« Nous sommes en France, ce qui vous met à l'aise. Mitchel se contenterait de revoir les cinq mille livres et abandonnerait la recette des deux séances du samedi. »

Il y eut un silence. On entendit le heurt des billes du billard installé près du bar, mais on ne voyait ni le jeu ni les joueurs. Quant à la sirène de la jetée, elle ne participait à l'atmosphère sonore que comme un fond confus et grave.

« Savez-vous, monsieur Brown, ce que j'ai répondu, moi, l'inspecteur Molisson, à ce pauvre vieil homme de Mitchel ? Je lui ai répondu textuellement :

« — Je vais essayer de rencontrer un certain phénomène qu'au Yard nous appelons le Malchanceux. C'est l'animal le plus adroit qui existe et ce n'est pas la première fois qu'il marche sur les murs avec autant de facilité qu'une mouche. La première fois, il a dû abandonner son butin en s'enfuyant par les toits. La seconde, il a été attaqué dans la rue alors qu'il rentrait chez lui et la troisième les titres volés étaient faux.

« J'ai ajouté :

« — Si je le trouve chez lui, à Newhaven, avec

sa petite femme qui est si gentille et qui a déjà deux bébés, les négociations seront faciles car, au fond, le Malchanceux ne ferait pas de mal à une mouche. Mais si, quand je lui serrerai la main, il a eu le temps de rejoindre un certain Teddy, les choses deviendront plus difficiles.

« A propos, avez-vous vu Teddy ? »

Brown se brûlait les doigts au bout trop petit de sa cigarette.

« Combien avez-vous dit qu'il y avait ? » soupira-t-il.

L'inspecteur Molisson frappa sur la table pour demander du whisky.

« En tout, près de six mille livres.

— Vous avez visité ma chambre, naturellement.

— J'ai demandé la chambre voisine, en disant à l'hôtesse combien nous sommes amis. Je crois que votre porte n'était pas bien fermée.

— Vous êtes passé chez moi, à Newhaven ?

— Votre femme m'a offert du thé. Elle était occupée à donner le bain aux bébés. L'aîné est très fort pour son âge.

— Que vous a-t-elle dit ?

— Que vos patrons vous avaient encore envoyé à Amsterdam. Ce n'est pas gentil de faire de pareils mensonges à sa femme. A propos, il y avait une facture du gaz sur le buffet. Votre femme, qui a surpris mon regard, l'a poussée en rougissant dans un tiroir. »

Brown vida entièrement son second verre et se leva.

« Qu'est-ce que je dois dire au vieux Mitchel ? insista l'inspecteur. J'ai promis de lui téléphoner dès ce soir. C'est à cette condition qu'il a renoncé à accourir en personne. Imaginez qu'il voulait absolument vous voir, vous convaincre. Il doit avoir maintenant dans les soixante-douze ans, le bougre !

— Je peux monter dans ma chambre ? » questionna Brown.

Avant de répondre, l'inspecteur se leva à son tour, s'approcha de son compagnon et, d'un geste si preste que personne n'eût pu s'en apercevoir, il lui tâta les poches pour s'assurer qu'elles ne contenaient pas d'arme.

« Je vous attends dans le hall. »

Brown laissa son imperméable sur un fauteuil du salon, passa devant le bureau et reçut un sourire de l'hôtesse.

« Quand voulez-vous dîner, monsieur Brown ? Mon mari vous a préparé, pour vous et votre ami, une belle sole à la dieppoise.

— Je descends à l'instant. »

Il gravit l'escalier d'un pas presque normal, avec un peu de précipitation vers les dernières marches. On l'entendit ouvrir sa porte. L'inspecteur, qui regardait autour de lui comme pour admirer l'aménagement, murmura :

« Vous êtes sûre qu'il n'y a pas de seconde porte ? »

Il fronçait les sourcils, levait la tête vers le plafond, regardait férocement les joueurs de billard qui faisaient du bruit.

« On n'entend plus rien, articula-t-il soudain.

— Que voulez-vous dire ?

— Je... »

L'hôtelière leva la tête à son tour.

« Tiens ! On marche sur la terrasse... »

Voilà ce qu'elle avait oublié de lui dire : au-dessus de la salle à manger et du hall, il y avait une terrasse de plain-pied avec les fenêtres des chambres ! L'inspecteur se précipita vers la rue, vit une forme maigre qui exécutait un plongeon de quatre mètres, retombait sur ses pieds et s'élançait le long des maisons.

C'était vain d'engager la poursuite. Debout au bord du trottoir, Molisson bourra sa pipe, rentra un moment pour annoncer :

« Je dînerai tout à l'heure.

— Mais M. Brown ?

— Il ne dînera sans doute pas aujourd'hui. »

Au bout du quai de la gare, un bureau mal éclairé était surmonté des mots « Commissariat Spécial ». L'inspecteur y rencontra un collègue français qui prit des notes en l'écoutant, et qui, l'instant d'après, téléphonait à tous les postes de police et aux brigades de gendarmerie des environs.

« Vous dites qu'il n'a pas d'argent sur lui ?

— Pas d'argent français, en tout cas. J'ai interrogé les employés de l'hôtel. Il faisait prendre ses cigarettes par le chasseur et je sais ce que cela veut dire.

— Nous l'aurons donc avant demain midi. »

***

Pour rentrer chez lui, Maloin devait traverser le centre de la ville et il se retrouva rue Saint-Yon, passant de la lumière d'un étalage à celle du suivant. Il venait à peine de dépasser la boutique d'un marchand de pipes qu'il fit demi-tour et y entra, sans avoir réfléchi, sans avoir discuté la question avec lui-même.

« Je voudrais une pipe en écume, avec bout d'ambre.

— Véritable ? »

Il acheta une pipe de deux cent cinquante francs, la même qu'on avait offerte par cotisation au sous-chef Mordavin pour ses trente-cinq ans de service, quand il avait été décoré. Il la bourra sur-le-champ et l'alluma.

Du moins était-ce une petite satisfaction ! Il fit vingt pas dans la rue, en fumant avec précaution, et son regard s'arrêta sur la boucherie où travaillait sa fille. Alors que les autres magasins étaient encore pleins de monde, les grilles de la boucherie étaient à demi fermées et les viandes déjà rangées dans la glacière.

Seule, Henriette était là, les cheveux dans la figure, les pieds chaussés de sabots, pliée en deux pour laver à grande eau les carreaux rouges du sol. Elle tournait le dos à la rue. Comme elle portait une robe assez courte, on découvrait ses jambes plus haut que les genoux, et même une bande de chair au-dessus du bas noir.

Maloin traversa la rue en fumant toujours sa pipe, appela du trottoir :

« Henriette ! »

Elle se retourna, son torchon à la main, murmura :

« C'est toi ! Tu m'as fait peur.

— Tu m'avais dit que c'étaient les commis qui lavaient la boutique.

— Maintenant plus. La patronne trouve qu'ils ont déjà trop de travail. »

Il était humilié, sans savoir pourquoi, sans doute à cause de cette grille à travers laquelle ils se parlaient, ou encore parce qu'Henriette ne s'arrêtait pas de travailler pour l'écouter. Une voix parvint de l'arrière-boutique, une voix de femme, très aiguë.

« Qu'est-ce que c'est, Henriette ?

— Ce n'est rien, madame. »

Maloin aurait dû s'en aller. Il s'en rendait compte.

« Tu as une belle pipe, remarqua sa fille en tordant son torchon qui faisait un drôle de bruit. C'est mère qui te l'a payée ? »

Des pas se rapprochèrent. Une femme aussi large que haute, au visage de porcelet, s'arrêta sur le seuil de l'arrière-boutique.

« Eh bien, Henriette...

— Oui, madame... balbutia la servante, à tout hasard, les cheveux trempant dans son seau.

— Je vous ai déjà défendu d'adresser la parole aux hommes. »

La bouchère feignait de ne pas regarder Maloin, de ne s'adresser qu'à Henriette.

« C'est mon père, dit la jeune fille en étalant son torchon pour ramasser l'eau.

— Ce serait même le pape ! Vous n'avez même pas fini votre cuisine ! »

Maloin ne voyait à nouveau que le dos de sa fille, et ses jambes haut dénudées. Des gens passaient près de lui, sur le trottoir.

« Henriette ! » appela-t-il.

Elle n'osait plus se tourner vers lui. La bouchère restait à son poste, se demandant jusqu'où irait la provocation.

« Va chercher tes affaires.

— Qu'est-ce que c'est ? » questionna la commère en s'avançant, ses courtes mains dans les poches du tablier.

Maloin était têtu, d'autant qu'il ne savait au juste lui-même ce qu'il voulait. Il aurait pu franchir la grille et pénétrer dans la boutique, mais il gardait plus de prestige en restant dehors.

« Henriette, allez tout de suite finir votre cuisine.

— Oui, madame.

— Henriette, je te défends d'y aller. Tu vas prendre tes affaires et me suivre immédiatement. »

Il s'en fallait de peu pour que la scène fût ridicule et Maloin, qui s'en apercevait, n'en était que plus obstiné. Pour comble, la bouchère et lui feignaient de s'ignorer, ne s'adressaient pas directement la parole.

« Vous partirez dans huit jours si cela vous plaît. Ou plutôt vous partirez de toute façon, car je ne veux plus de vous dans ma maison. Mais vous ferez d'abord vos huit jours.

— Henriette, je te dis d'aller t'habiller. »

La servante s'essuya les yeux du revers de sa main qui n'avait pas lâché le torchon, regarda sa patronne, puis son père qui se découpait curieusement derrière la grille.

« Tu as compris ?

— Vous avez entendu, Henriette ? Je vous avertis que, s'il le faut, j'irai chercher la police.

— Très bien ! Qu'elle vienne donc, la police », riposta Maloin.

Il était incapable de dire ce qu'il aurait fait. Il avait tort et il enrageait d'avoir tort.

« Pour la dernière fois, je te répète de m'accompagner. »

Henriette disparut dans l'arrière-boutique. La bouchère, qui ne voulait pas avoir l'air de battre en retraite, resta encore quelques instants accoudée à la caisse. Maloin fumait sa pipe sans penser que c'était une nouvelle pipe de deux cent cinquante francs.

« Je n'ai pas le droit de laisser ma fille une minute de plus dans cette maison, se disait-il sans conviction. Quand on a cinq cent mille francs et plus... »

D'où il était, il pouvait presque apercevoir la cage de verre où il y avait une valise dans une armoire de bois blanc. La bouchère avait disparu. Des voix éclataient dans l'arrière-boutique et Maloin perçut un sanglot.

Il attendit en faisant les cent pas, le regard dur, les mâchoires serrées. Il avait besoin de se sentir capable d'agir. En face, il y avait une papeterie et, à côté, un marchand de souvenirs de Dieppe.

Enfin, il se retourna. Henriette traversait la boutique, en chapeau et en manteau, une petite valise à la main. Elle ouvrit la grille.

« Pourquoi as-tu fait ça ? questionna-t-elle en marchant à côté de son père.

— Parce que !

— Elle veut porter plainte au prud'homme. Si M. Laîné avait été là, il y aurait eu une bataille. C'est une brute. »

Il sourit dédaigneusement et, se souvenant de sa pipe, en tira une bouffée gourmande.

« Laisse faire ton père ! » dit-il enfin, au moment où ils passaient devant le café Suisse.

A travers le rideau, il aperçut Camélia dans son coin, toute seule comme d'habitude, devant une menthe verte.

5

INATTENDUE, ridicule, odieuse, mais surtout stupide, la scène éclata dans la petite maison de la falaise que Mme Maloin, en tablier bleu, avait nettoyée ce jour-là du haut en bas et qui gardait des traces d'humidité.

Une minute avant que Maloin atteignît le seuil avec Henriette, ils ne pouvaient rien prévoir, ni l'homme, ni la femme, ni la fille, mais la scène existait déjà en puissance. C'est en gravissant le raidillon qu'Henriette avait dit comme on dit autre chose :

« Qu'est-ce que maman va dire ? »

« Qu'est-ce que maman va dire ? » se répétait Maloin en tournant la clef dans la serrure. Et pourquoi dirait-elle quelque chose ? Quel besoin avait Henriette de se préoccuper de l'avis de sa mère ?

Il entra le premier dans la cuisine, se faisant aussi large que possible. Comme Henriette était encore dans l'ombre du corridor, Mme Maloin demanda :

« Avec qui es-tu ?

— Avec ta fille. »

L'orage ne voulait pas éclater. Mme Maloin acheva de mettre la table et servit la soupe avant de parler à nouveau.

« Pourquoi a-t-elle demandé congé aujourd'hui ?

— Elle n'a pas demandé congé. C'est moi qui l'ai retirée de sa place.

— C'est malin ! »

Ce fut la dernière seconde de tranquillité. Désormais on n'entendit plus le réveil ni le ronflement du poêle, et ce qui, du dîner servi, n'était pas encore mangé, ne le serait pas ce jour-là.

« Qu'est-ce que tu dis ?

— Je dis que tu n'en fais jamais d'autres ; tu restes des mois à patienter, à tout avaler, puis soudain, au plus mauvais moment, tu commets une grosse bêtise...

— Ah ! j'ai commis une bêtise, moi ! D'après toi, il fallait laisser Henriette dans cette boucherie où, quand elle lavait par terre, les passants lui voyaient la moitié du derrière...

— Mange ! Nous verrons bien comment on s'en tirera à la fin du mois.

— Tu crois que je ne comprends pas ?

— Comprendre quoi ?

— L'allusion ! Je ne gagne pas assez d'argent pour nourrir ma famille, n'est-ce pas ? Je... »

Un premier coup de poing fit trembler la table et marqua le début d'une nouvelle cadence. C'est à peine s'il y eut encore un lointain rapport entre les répliques. On passait d'un sujet à un autre, sans raison apparente, simplement parce qu'on avait trouvé une phrase plus méchante.

« Dis que je suis un ivrogne !

— Je ne dis pas cela, mais je répète que tu as bu. Et, quand tu as bu, tu n'es plus le même homme.

— Tu entends, Henriette ? Ton père est un ivrogne, tandis que ta mère, elle, est la plus sainte des femmes ! »

Henriette pleurait. Mme Maloin mettait encore machinalement des bouchées de pain entre ses lèvres et oubliait de les mâcher.

« On me l'a assez reproché dans ta famille, de n'être qu'un ouvrier. Avec ça qu'elle vaut mieux, ta famille ! On fait des manières, oui ! Mais il n'y a rien dans les casseroles...

— En tout cas on est mieux élevé que... »

La suite fut plus confuse, plus irréelle.

« ... m'as fait souffrir pendant vingt ans...

— ... ne sais pas ce qui me retient de...

— De quoi ?

— ... de...

— Papa !

— Oui, regarde-le, ton père ! Il est joli !

— Tu me trouverais peut-être plus à ton goût si je te mettais cinq cent mille francs sur la table, hein !

— Tu me dégoûtes !... Va cuver ton vin ailleurs...

— ... oui, cinq cent mille francs... Et toute ta famille viendrait me lécher les pieds...

— Je te défends...

— Papa !... Maman !... »

Il y eut une main levée, mais elle ne retomba que sur la table et un peu plus tard la porte de la rue claquait violemment. Maloin, qui avait oublié son bidon de café et ses provisions, fonçait vers le port.

« Mange, disait Mme Maloin à sa fille. Demain, il n'y pensera plus. Je suis sûre que tu ne trouveras pas de place avant les fêtes. »

A l'hôtel de Newhaven, l'inspecteur Molisson était assis tout seul à une table de deux couverts et mangeait lentement. Des autres tables, on le regardait avec une curiosité mêlée de respect.

« C'est un homme de Scotland Yard, avait soufflé l'hôtelier qui, en toque blanche, venait saluer ses clients au commencement des repas.

— Et l'autre, M. Brown ?

— Il paraît que c'est un fameux cambrioleur anglais. »

L'hôtesse, à sa caisse, avait fait le compte de M. Brown. Il devait quatre cent vingt francs qu'on ne verrait sans doute jamais.

Il y avait encore du brouillard, mais c'était un brouillard quelconque, comme il en règne sur la Manche pendant la moitié de l'hiver. La sirène hurlait quand même. La respiration des passants formait un nuage de vapeur.

Jusqu'à neuf heures et demie, Maloin, dans sa cage, ne remarqua rien d'anormal. Il avait posé sa pipe en écume sur la table et de temps en temps il lui lançait un regard de reproche, comme si elle eût été responsable de quelque chose. Et se tournant à gauche, il apercevait une lumière à la fenêtre de sa maison et cette vue lui faisait plisser le front.

Les mystères de la nuit commencèrent autour de la *Francette.* Le chalutier achevait de charbonner pour appareiller une heure plus tard avec la marée. Un projecteur accroché au mât de charge éclairait le pont. Des paniers de houille se balançaient l'un après l'autre au bout d'un palan et se renversaient dans la cale.

C'est alors que trois hommes vêtus comme des gens de la ville surgirent de l'ombre. L'un d'eux dit quelque chose que Maloin n'entendit pas et un des matelots courut aussitôt chercher le capitaine dans un débit voisin.

La conversation eut lieu dans la lumière du

projecteur. L'aiguilleur reconnut un des hommes, qui appartenait à la police. Il les vit tous les trois qui allaient et venaient sur le pont, pénétraient dans le poste avant, puis dans la cabine du télégraphiste, cependant qu'un gendarme en uniforme faisait les cent pas sur le quai et que d'autres pas réguliers résonnaient de l'autre côté du bassin.

Les policiers visitèrent encore le *Matamore* et le *Va Toujours* qui partaient en pêche la même nuit et quand ce fut fini, les trois ombres, au lieu de s'éloigner, errèrent sur les quais, passant de l'obscurité à la lumière, se penchant sur les barques, épiant l'intérieur des cafés.

En trente ans, Maloin avait assisté cent fois au même spectacle qui, le plus souvent, avait pour point de départ un télégramme de Paris.

« Surveiller les gares, les ports et tous les postes frontières. »

Il vit Camélia qui entrait au Moulin-Rouge une des premières, comme d'habitude, et qui ne se douta de rien.

Le temps passa. Maloin avait sommeil. Il se sentait lourd et il était furieux de n'avoir pas emporté son café. Deux ou trois fois, entre dix heures et minuit, il s'assoupit sans perdre entièrement conscience et une fois il fit la manœuvre d'aiguillage dans une demi-somnolence, si bien qu'ensuite, lorsqu'il vit surgir les wagons, il se demanda s'il avait poussé le levier ou s'il avait rêvé.

Comme chaque soir, le rapide Dieppe-Paris alignait ses fenêtres éclairées sur la première voie quand le bateau accosta et le commissaire spécial, qui se dérangeait rarement, se tenait près de la passerelle.

Il ne se passa rien d'anormal. Les passagers furent canalisés vers la salle des passeports, puis vers celle des bagages. Mais, outre le commissaire, il y avait un gendarme à proximité du train et cela suffisait à donner à cette arrivée une physionomie équivoque.

La fouille dut être minutieuse. Le premier voyageur ne sortit qu'après dix minutes et prit place dans le train, puis il y en eut cinq, sept, dix, quinze...

Un vieillard en pelisse quitta à son tour les locaux de la douane, deux valises à la main, et une jeune fille l'accompagnait. Comme ils avaient l'air de voyageurs riches, le garçon du pullman voulut prendre leurs bagages, mais le vieillard protesta en regardant autour de lui avec une sorte d'angoisse.

Même de loin, il attirait l'attention, par sa pelisse d'abord, ensuite à cause de ses cheveux blancs qu'il portait très longs, comme un acteur, et qui formaient bourrelet sur son col d'astrakan.

Lorsqu'on a l'habitude des débarquements, il

est facile de deviner ce qui se passe pour chaque voyageur. Le vieillard et la jeune fille étaient déroutés comme tous ceux qui, au lieu de prendre le train de Paris, restaient à Dieppe. L'hiver, en effet, comme on n'attendait personne, rien n'était préparé pour les recevoir. Ils cherchaient en vain un employé d'hôtel, ou un chauffeur de taxi. Le vieillard arrêta deux fois des passants qui ne comprirent pas ou qui ne purent le renseigner...

Enfin, un porteur s'occupa d'eux, leur fit longer le train, contourner la locomotive et, quelques instants plus tard, le vieillard et la jeune fille s'éloignaient dans une voiture de place.

Le train partait aussi. On fermait les locaux de la gare. Maloin avait soif et se promettait, dès que tout serait rentré dans le calme, d'aller en hâte boire quelque chose de chaud au Moulin-Rouge.

Il ne caressa pas longtemps ce projet. Dès que l'agitation cessa sur le quai, certains mouvements anormaux devinrent plus visibles et par exemple Maloin repéra à différents endroits quatre gendarmes dont il vit briller les galons, plus deux silhouettes qui devaient être des gendarmes aussi, mais dont l'uniforme était noyé dans l'ombre.

Le commissaire spécial ne quittait pas le secteur. C'était un homme petit et mince, toujours vêtu d'un pardessus de ville très cintré, chaussé de souliers vernis qui brillaient quand il passait dans le cercle lumineux d'un bec de gaz.

Car, nerveux et affairé, il allait sans cesse d'un endroit à un autre et partout où il s'arrêtait il y avait quelqu'un en faction : un gendarme, un inspecteur en civil ou un sergent de ville.

C'était une opération d'envergure. Maloin n'en voyait qu'une petite partie, mais il était sûr que le filet couvrait toute la ville.

Était-ce l'homme de Londres que l'on cherchait ? Il pouvait le supposer en ne le voyant pas rôder aux alentours. Il n'en douta plus quand une nouvelle silhouette se profila sur le trottoir. Il n'y avait pas à s'y tromper. Elle ressemblait trop parfaitement à celle des détectives anglais qui, de temps à autre, débarquent à Dieppe pour une filature ou une surveillance et qui parfois, une semaine ou deux durant, restent plantés près de la passerelle à chaque arrivée de bateau.

Celui-ci alla droit au Moulin-Rouge, ce qui indiquait qu'il connaissait la ville. Tout le temps qu'il y resta, Maloin en épia la porte avec inquiétude et il fut plus nerveux encore quand le policier sortit en compagnie de Camélia.

Ce n'était pas pour emmener celle-ci à l'hôtel. Sans doute n'étaient-ils pas assez tranquilles à l'intérieur pour causer, car ils marchèrent de long en large sur le trottoir, parcourant chaque fois une centaine de mètres, faisant volte-face d'un commun accord, passant et repassant près de la tour de fer.

L'inspecteur était calme. Il ne prenait pas de notes. Parfois il hochait la tête avec l'air d'approuver. Quant à Camélia, elle parlait avec volubilité, sous le coup de la colère ou de l'angoisse. Une fois même, elle posa ses deux mains sur le bras de l'inspecteur qui se dégagea doucement et reprit sa marche.

La veille encore, Maloin aurait cru que l'enquête l'affolerait. A son propre étonnement, il était aussi calme que le policier. Du haut de sa cage de verre, il observait le couple, les gendarmes et parfois le commissaire spécial qui apparaissait sur quelque point stratégique.

Les événements étaient faciles à reconstituer. La police de Londres avait été avisée d'un vol, accompagné peut-être d'assassinat, et elle avait trouvé la piste de Dieppe. Le commissaire spécial était averti et recherchait l'homme en imperméable, l'empêchait tout au moins de prendre la fuite. C'est dans ce but qu'on avait fouillé les chalutiers qui levaient l'ancre. Le port était consigné. La gare était surveillée, ainsi que les routes.

Vu de la cabine, le spectacle n'était pas impressionnant car ces hommes qui jouaient le jeu paraissaient très petits et la hâte du commissaire à courir de l'un à l'autre était plutôt comique.

Ce qui était plus inquiétant, c'était Camélia, qui semblait en avoir gros sur le cœur. N'avait-elle déjà pas dit à l'inspecteur du Yard que les deux hommes à la valise s'étaient attablés au Moulin-Rouge et en étaient sortis ensemble ? Peut-être même les avait-elle vus se diriger vers le bassin ? Si oui, le regard de l'inspecteur se lèverait fatalement vers la cage qui était comme un fanal dans l'obscurité.

Un taxi déboucha sur le quai et avança, comme hésitant, le long du trottoir. Quand il arriva à hauteur du couple, une main frappa la vitre, à l'intérieur, le taxi s'arrêta et le vieillard à cheveux blancs descendit, serra la main de l'inspecteur et fit mine de serrer celle de Camélia. Tous trois s'entretinrent pendant quelques instants, mais déjà la femme était reléguée au second plan. Quand elle rentra au Moulin-Rouge, ses compagnons ne s'occupaient plus d'elle et l'inspecteur acheva de faire le vide en payant le taxi qui regagna la ville.

Ce qu'ils firent ensuite — l'homme du Yard et l'homme à cheveux blancs — resta d'abord mystérieux pour Maloin. Ils commencèrent, en effet, par se poster sur le seuil de la gare et l'inspecteur observa sans se presser le terrain autour de lui, délimita du geste l'espace qui, à l'arrivée du bateau, était occupé par le train de Paris, à trois mètres près.

Après cela, il se dirigea vers le navire et en parcourut plusieurs fois la longueur, sur le quai, tandis que le vieillard le suivait avec résignation.

Les prunelles de Maloin s'étaient rétrécies et sa chair elle-même semblait se contracter dans un réflexe de défense. Il ne regarda pas le placard qui contenait la valise. On eût dit qu'il se méfiait. Mais il réfléchit, le front têtu, pendant cinq minutes environ et le résultat de ce travail fut qu'il ferma soigneusement la vitre et rechargea le poêle, tisonna pour obtenir un feu d'enfer.

Il eut le courage, enfin, de s'asseoir devant la table, les jambes allongées, et de bourrer sa nouvelle pipe en regardant droit devant lui. Il ne voyait plus rien du quai. A peine apercevait-il les toits des maisons proches et bientôt les carreaux s'embuèrent, devinrent grisâtres, puis aussi blancs que du verre dépoli.

Ils étaient trois à connaître ce détail, les trois aiguilleurs : l'hiver, quand on chauffait leur cage, il fallait laisser un carreau ouvert si l'on voulait voir au-dehors. L'un des trois, qui était sujet à des torticolis, préférait même éteindre le feu pour éviter ce courant d'air permanent.

Maloin n'était pas plus bête qu'un policier anglais. Il savait qu'en longeant le bateau, l'inspecteur du Yard se demandait par quel moyen la valise aux billets avait franchi le cordon douanier.

Dès lors, il suivrait fatalement le chemin des deux hommes jusqu'au Moulin-Rouge puis, sortant du bal, il regarderait autour de lui. Que verrait-il ? La cage de verre ! S'il ne l'apercevait pas dès à présent c'est qu'il manquait de recul, mais la nuit ne se passerait pas sans que...

Maloin entendit des voix toutes proches. A cause de la vitre fermée, ce n'était qu'un bourdonnement. Il repoussa sa chaise de façon à poser ses pieds sur la table et, le corps renversé en arrière, il fuma à bouffées plus denses.

Il était si peu impressionné qu'il devait sans cesse effacer le sourire qui se dessinait sur ses lèvres. Lorsqu'il entendit vibrer le fer de l'échelle, il prit un air endormi, ce qui lui était facile. Quelques secondes après, on frappait à sa porte et il grogna :

« Entrez ! »

C'était le policier. Maloin pensa que, si la porte restait entrouverte, la buée disparaîtrait et il se leva, repoussa l'huis d'un coup de pied, en jetant à son visiteur un regard furieux.

« Que venez-vous faire ici ? »

Comment ne pas sourire alors que le regard de l'inspecteur s'était posé sur les vitres ?

« J'appartiens à Scotland Yard et je voudrais vous demander un renseignement. »

Le policier essuyait le carreau du revers de sa main et délimitait le champ de sa vision.

« Sommes-nous en France ou en Angleterre ? » demanda insolemment Maloin.

Le visiteur se retourna, surpris, regarda le

poêle, la pipe en écume, la table couverte d'un vieux buvard, le flacon d'encre violette.

« Je travaille d'accord avec la police française, dit-il.

— Qu'est-ce qui me le prouve ? »

Il était ravi de la façon dont il jouait son rôle.

« Si vous y tenez, je peux appeler le commissaire spécial. Mais cela ne vaut guère la peine. Je n'ai qu'une ou deux questions à vous poser. Ces vitres sont toujours fermées ?

— Toujours.

— Comment faites-vous pour apercevoir les wagons ? »

Maloin pensait :

« Personne ne me croira quand je dirai qu'à cet instant j'ai eu envie de rigoler ! »

Pourtant c'était vrai. D'un mouvement du menton, il désigna la partie de la glace que l'inspecteur avait essuyée de sa main.

« Je fais comme vous, répliqua-t-il.

— Vous n'avez rien remarqué d'anormal, les dernières nuits ?

— Qu'appelez-vous quelque chose d'anormal ?

— Rien. Je vous remercie. »

Il contempla encore la chaise, le poêle, la table, l'encre et même l'armoire, toucha le bord de son chapeau melon et sortit. Alors seulement, Maloin eut la gorge serrée et il eût payé cher un bol de café chaud. Il n'y avait plus de fil-en-six dans sa bouteille et son collègue, cette fois, n'avait pas oublié d'enfermer la sienne.

Il ne pouvait plus ouvrir les vitres ni regarder dehors. La chaleur devenait insupportable. Maloin dut retirer sa veste et écarter sa chemise sur sa poitrine. Un bruit léger l'avertit qu'il commençait à tomber une pluie fine de novembre.

Sans bouger, il était capable d'imaginer le spectacle nocturne : les rangées de lumières jaunes aux rayons déformés par la pluie, les rues luisantes, les quais noirs, l'eau du bassin couverte de petits ronds vivants et les gendarmes relevant le col de leur capote, le petit commissaire spécial qui allait et venait, sautillant, colérique, anxieux d'éviter la boue à ses souliers vernis.

Camélia était à l'abri au Moulin-Rouge où des clients l'invitaient à danser et lui offraient à boire.

Mais où se trouvait l'homme de Londres ? Plus à l'hôtel, sans aucun doute. Il avait vu les forces policières se déployer autour du port et de la ville. Il lui était impossible de faire trois cents mètres sans se heurter à un gendarme ou à un inspecteur.

On avait commencé, comme toujours, par visiter les bateaux, qui offrent un abri facile, et aussi, presque à coup sûr, les hôtels louches.

Maloin en arrivait à se demander :

« A sa place, où me serais-je caché ? »

Sa première pensée était pour les quatre ou cinq

grottes de la falaise, mais ce serait celle des gendarmes aussi.

« S'il a fait cela, il est perdu ! »

Changer de place, sans fin, ne valait pas mieux. Détacher une barque et prendre le large était inutile, car tous les ports seraient alertés.

« Il n'y a qu'un moyen, pas deux : posséder un ami dans la ville et lui demander l'hospitalité. »

Mais l'homme de Londres n'avait parlé à personne, sinon à Camélia, qui avait plutôt l'air de lui en vouloir.

« Il sera pris ! » conclut Maloin, mal à l'aise.

Puis il pensa :

« C'est mon intérêt. Ainsi, il ne viendra pas me réclamer l'argent. »

Il corrigea aussitôt :

« Mais il dira qu'il a jeté la valise à l'eau près du poste d'aiguillage. »

Il étouffait. Il alla, malgré tout, aspirer une gorgée d'air frais et il aperçut un instant le bassin entouré de lumières, et les fenêtres bariolées du Moulin-Rouge. En jetant un coup d'œil du côté de la falaise, il pensa avec ennui que, quand il rentrerait chez lui, ce serait pour se heurter à des visages maussades, voire à des reproches ou à une nouvelle scène.

Il en serait quitte pour monter aussitôt dans sa chambre et se coucher, car il avait besoin de sommeil. Il s'assoupit encore et n'ouvrit les yeux qu'au moment où le jour se levait. Il avait le droit, maintenant, d'ouvrir une vitre et de regarder à l'entour.

Il chercha avant tout les gendarmes, n'en vit que deux en faction, un sur chaque quai. Mais des gens descendaient d'une auto, près du marché au poisson. Un groupe se formait et Maloin reconnut le capitaine du port et le commissaire maritime qui écoutaient les explications du commissaire spécial. L'homme du Yard était avec eux. Quant au vieillard, il était sans doute allé dormir.

Quelques minutes plus tard, des embarcations du port se détachaient du quai, montées chacune par trois hommes, et Maloin n'avait pas besoin d'en voir davantage pour comprendre. C'était là un spectacle périodique. Chaque fois qu'il y avait un noyé dont on ne retrouvait pas le corps, les canots effectuaient les mêmes recherches, avec des grappins et des herses.

Les autorités restées sur le quai, dans la pluie fine qui faisait reluire les épaules, discutèrent encore pendant quelques minutes et se séparèrent.

C'était le temps le plus désagréable, humide et froid, avec un ciel qui vous tombait lentement sur la tête. Les wagons s'égouttaient. M. Babu, l'armateur, sortit sa voiture du garage en la poussant, versa de l'eau chaude dans le radiateur et, malgré cette précaution, fut un quart d'heure à tourner la manivelle avant de mettre le moteur en marche.

« Tu as eu un noyé, cette nuit ? demanda le collègue de Maloin en regardant les embarcations.

— Il n'y a rien eu du tout.

— Ce qu'il fait chaud ! » dit-il encore en refermant la clef du poêle.

Pendant ce temps-là, l'homme de Londres était quelque part, peut-être sans feu, peut-être sans argent pour acheter de la nourriture, peut-être…

Mme Maloin assista au retour de son mari et remarqua son regard fuyant.

Elle crut que c'était à cause de la scène de la veille et elle fit les premiers pas.

« J'ai laissé dormir Henriette, murmura-t-elle en servant le café. Autant qu'elle en profite. Elle ne restera pas longtemps sans place. »

6

« OLGA ! Portez vite le petit déjeuner à Miss Mitchel ! »

Quand la femme de chambre passa avec le plateau, l'hôtelière l'arrêta du geste, se livra à une inspection rapide.

« Vous ajouterez deux toasts et une coquille de beurre. »

L'horloge, au-dessus du bar d'acajou, marquait neuf heures et demie. Mais les heures ne signifiaient plus rien. L'hôtel de Newhaven ne vivait plus sa vie normale.

Le vieux Mitchel, qui était rentré à cinq heures du matin, était déjà levé. On l'entendait aller et venir dans la salle de bains et le valet d'étage affirmait qu'il faisait de la gymnastique.

L'inspecteur Molisson, lui, avait passé toute la nuit dehors. L'hôtesse était au bureau quand il était rentré, très calme, comme un homme ordinaire.

« Vous me laisserez dormir jusqu'à dix heures et si l'on téléphone ou si l'on demande à me voir vous ne me dérangez sous aucun prétexte. A dix heures, vous me ferez monter le déjeuner.

— Cela ne vous fait que deux heures à dormir.

— C'est assez ! »

Il était bien gentil, bien simple, et cependant l'hôtelière n'osait pas le questionner. En arrivant à huit heures et demie, le chasseur avait annoncé qu'il y avait des gendarmes et de la police partout. Il exagérait un peu, mais pas beaucoup, et les commerçants qui ouvraient leurs volets avaient tous fait la même remarque.

Il pleuvrait toute la journée. La mer, d'un vert perfide, était rayée de crêtes blanches. A neuf heures moins le quart, déjà, on téléphonait pour l'inspecteur et la patronne restait inexorable.

« Non, monsieur. M. Molisson m'a donné des ordres formels. Après dix heures, si vous voulez... »

Germain, en prenant son service, murmura :

« Je me demande s'ils vont l'attraper. »

Et l'hôtelière fut toute surprise de n'avoir pas encore pensé à M. Brown. C'était sans doute la majesté du déploiement policier qui l'impressionnait, peut-être aussi le calme et l'autorité de l'inspecteur.

« Où peut-il s'être caché ? poursuivit Germain en endossant la veste blanche qu'il portait en dehors des repas. L'auriez-vous pris pour un malfaiteur, vous, madame Dupré ? Il avait une façon triste de boire son whisky et de m'en demander un autre, sans rien dire, rien qu'un coup d'œil.

— Chut ! M. Mitchel descend. »

Maloin, qui respirait bruyamment comme quand on a trop bu — mais il n'avait pas bu une goutte d'alcool — se tourna sur le côté gauche et eut conscience qu'il était dans son lit et qu'il y avait environ une heure qu'il dormait. La porte de la rue, à cet instant, s'ouvrait et se refermait. Il faillit commencer à penser, mais il sentit confusément qu'il n'en finirait plus, que ça serait désagréable, et il parvint à se rendormir.

Sa femme frottait à la pâte flamande le fourneau de la cuisine et c'était Henriette qui venait de sortir. Une grosse clef alourdissait la poche de son manteau. Elle avait chaussé ses sabots, noué un mouchoir sur ses cheveux.

« Va chercher quelques étrilles pour le déjeuner », lui avait dit sa mère.

Pour cela, il ne fallait pas descendre le raidillon qui conduisait au bassin, mais suivre le chemin jusqu'à la falaise. Le terrain était couvert d'une herbe courte, du même vert délavé que les flots. Henriette remarqua qu'un gendarme se tenait juste à l'angle de la falaise et du port, mais elle ne s'en inquiéta pas et s'engagea dans la cavée qui permettait de descendre à la mer.

La marée était basse. Sur une largeur de deux cents mètres, les galets étaient recouverts d'algues et de plantes marines dans lesquelles il fallait patauger — en évitant de glisser — pour chercher les étrilles du bout d'un crochet. A l'âge de six ans, Henriette pêchait déjà les crabes au même endroit. La pluie fine lui plaquait les cheveux sur les tempes. Elle respira profondément pour retrouver la forte odeur de varech et se dirigea vers la cabane que son père avait bâtie avec de vieux matériaux au pied du rocher en utilisant la falaise comme mur d'appui.

Elle pouvait toujours voir au-dessus d'elle la silhouette du gendarme qui, n'ayant rien à faire, la suivait des yeux.

« Père a oublié de fermer la porte », pensa-t-elle en introduisant la clef dans la serrure et en constatant que c'était inutile.

La cabane contenait un doris dont Maloin se servait pour la pêche, des casiers à homard, des lignes, puis des choses sans nom qu'il ramassait à la côte après les fortes tempêtes : des barils vides, des morceaux de liège, des caisses à biscuits, du bois flotté.

Il ne faisait pas très clair. Henriette savait que les paniers étaient à gauche et elle avança de deux pas, s'arrêta, stupéfaite d'entendre un craquement. Elle pensa d'abord à un gros rat, mais il y eut un second craquement qu'un rat était incapable de provoquer et alors elle devina la tache laiteuse d'un visage dans le clair-obscur.

Pourquoi ne cria-t-elle pas ? Peut-être pensait-elle au gendarme en faction sur la falaise. Mais elle oublia de prendre le crochet et le panier à crabes, battit en retraite, ferma machinalement la porte et remit la clef dans sa poche.

Sans réfléchir, elle courut vers sa maison et à mesure qu'elle s'en approchait, sa peur grandissait et elle s'étonnait davantage d'avoir agi avec tant de sang-froid. Elle frappa de petits coups à la porte, haleta, dès que sa mère ouvrit :

« Il y a un homme dans la cabane !

— Qu'est-ce que tu dis ?

— Et j'ai vu un gendarme sur la falaise. On doit chercher quelqu'un. »

Là-haut, dans sa petite chambre, Maloin ouvrit un œil en entendant le murmure des deux femmes. Il aperçut le papier peint à rayures argentées qu'il avait posé à la place de l'ancien, qui était à fleurs, parce que le marchand lui avait dit que c'était plus moderne. Mais il ne pouvait pas s'y habituer, pas plus qu'au morceau de soie rouge orné de quatre glands en bois qui servait d'abat-jour.

Pour entendre ce qu'on disait, il lui suffisait d'ouvrir l'autre œil, de lever la tête et de tendre l'oreille. A côté de lui, la place que sa femme avait occupée pendant la nuit dans le même lit était marquée par un creux et, quand il avançait la tête, il frôlait un oreiller qui avait une autre odeur que le sien.

Il se demanda s'il allait écouter ou dormir, préféra dormir, d'un sommeil qui ne l'empêchait pas d'avoir conscience qu'il dormait ni de savoir qu'à son réveil il lui faudrait penser à des choses ennuyeuses.

« On va vous servir dans la salle à manger, monsieur Mitchel. Germain ! Sers le petit déjeuner à M. Mitchel... Vous prenez des œufs au bacon, n'est-ce pas ? »

C'était un curieux vieillard, tout menu, d'une nervosité étonnante et ce qui frappait le plus c'était son teint rose d'enfant, son visage candide sous les cheveux blancs.

« Il n'est pas encore arrêté ? » questionna-t-il avec effort, car il ne connaissait que quelques mots de français et il les prononçait mal.

Si mal que Germain ne comprit pas et que Mme Dupré dut traduire :

« M. Mitchel demande si l'on n'a pas encore arrêté le voleur. Je ne sais pas, monsieur Mitchel. M. l'inspecteur est couché et il a donné l'ordre de ne pas l'éveiller avant dix heures. »

Elle jeta un coup d'œil à l'horloge qui marquait

10 heures moins 10. Au même moment, la sonnerie du téléphone vibrait à portée de sa main.

« Allô !... Oui, l'hôtel de Newhaven... Non, monsieur... Si vous voulez téléphoner à nouveau dans dix minutes... Je vous assure que c'est impossible... Vous dites ?... Excusez-moi, monsieur le capitaine, mais je n'ai vraiment pas le droit... »

Son mari avait passé sa tête coiffée d'une toque blanche par le guichet de l'office.

« C'est le capitaine du port, lui expliqua-t-elle, les mains agitées. On vient de repêcher quelque chose... »

Derrière les vitres de la salle à manger, elle voyait M. Mitchel qui mangeait lentement.

« Germain ! Il est 10 heures moins 3. Le temps de préparer le plateau... »

Germain comprit et trois minutes plus tard il frappait à la porte du 6. Pendant un quart d'heure, on entendit des pas, le bruit du robinet et enfin l'huis s'ouvrit, l'inspecteur Molisson s'engagea dans l'escalier, rasé de frais, le costume brossé, les cheveux imprégnés d'eau de Cologne.

« Le capitaine du port a téléphoné. Il paraît qu'on a retrouvé un corps... »

Le vieux Mitchel, abandonnant son repas, accourait mais l'inspecteur, tout en lui tendant la main droite, décrochait le récepteur de la gauche.

« Allô ! Le bureau du port, s'il vous plaît... »

Tout en téléphonant, il lançait des mots en anglais à son compagnon. Germain, près du bar, restait au garde-à-vous ; le patron était immobile derrière le guichet et Mme Dupré esquissait un faible sourire pour s'excuser d'être là.

La communication terminée, l'inspecteur parla encore anglais avec le vieux Mitchel, dit à Germain :

« Mon pardessus, s'il vous plaît.

— Pardon, monsieur Molisson... Excusez mon incorrection... »

Mme Dupré était rose de confusion.

« Me permettez-vous de vous demander si c'est... si c'est M. Brown qu'on a retrouvé ? »

Il la regarda avec étonnement.

« Pourquoi M. Brown ?

— Je croyais... Je ne sais pas... Il me semblait...

— C'est le cadavre, qu'on a trouvé ! Le cadavre de l'homme qu'a tué votre M. Brown... »

Elle rougit encore plus, car il avait dit « votre M. Brown » et c'était presque une accusation. Elle se demanda si son mari avait remarqué la nuance, mais il n'y avait pas pris garde.

« Apportez aussi la pelisse de M. Mitchel, Germain ! »

Ils partirent tous les deux et laissèrent comme un froid dans la maison. D'abord personne ne parla. Germain mit ses verres en place et murmura enfin en regardant son comptoir :

« Vous croyez que c'est possible, vous, madame Dupré ? »

L'hôtelière regardait, elle, le fauteuil où M. Brown avait l'habitude de s'asseoir et de rester parfois plus d'une heure les yeux dans le vague. C'était à quelque deux mètres d'elle. De temps en temps, ils échangeaient quelques mots. Elle lui avait même demandé s'il était marié et il lui avait montré silencieusement son alliance.

N'avait-elle pas été jusqu'à s'imaginer que la cause de sa tristesse résidait peut-être dans l'inconduite ou dans la méchanceté de sa femme ?

« Commencez à mettre les tables, Germain. Il faudra cinq couverts pour M. Henry et deux pour les gens de Paris. »

On chuchotait, dans la cuisine des Maloin.

La maison était presque neuve. L'aménagement était bien étudié et l'entretien facile. Il y avait une cour carrelée, un lavoir, une arrière-cuisine. Les parquets étaient vernis et les murs de la cage d'escalier peints à l'huile. Mais on n'avait pas pensé à la minceur des cloisons. D'une pièce à l'autre, on entendait tout ce qui se disait et quand Maloin s'habillait, par exemple, dans la chambre du premier, c'était pendant un quart d'heure un bruit de tonnerre.

« Tu es sûre que tu as refermé la porte à clef ?

— Je l'ai même pas fait exprès. Je suis sortie et j'ai tourné la clef...

— Je me demande s'il faut le dire à ton père... Je ne sais pas ce qu'il a ces jours-ci... Tu as vu la pipe qu'il a achetée sans nous en parler ?... Hier et avant-hier, il n'a presque pas dormi... »

On pourrait prévenir le gendarme et lui donner la clef.

Elles y pensaient toutes les deux, mais cette idée leur faisait baisser la tête et leur mettait un poids sur l'estomac, surtout à Henriette, qui s'imaginait maintenant qu'elle avait surpris dans la demi-obscurité un regard de bête traquée.

« Si l'on savait seulement ce qu'il a fait...

— Il y a peut-être quelque chose sur le journal de ce matin ? »

Le journal était dans la boîte aux lettres, car Maloin était le seul à le lire quand il se levait. Henriette regarda les titres, tourna les pages, mais ne trouva rien qui parût se rapporter à l'homme caché dans la cabane.

« S'il était là pour voler les engins de ton père ?... »

Elles eurent peur, car la colère de Maloin, si ses lignes disparaissaient, serait épouvantable. Il dormait si peu, là-haut, qu'il avait toujours conscience qu'on chuchotait, bien qu'il enfonçât aussi fort que possible sa tête dans l'oreiller, affectât même de ronfler, comme pour attirer par ruse le sommeil. Une sirène lui apprit qu'il était onze heures. Normalement, il devait encore dormir deux heures et il serait encore temps de penser à son affaire.

Miss Mitchel descendait dans le hall de l'hôtel de Newhaven et la propriétaire la regardait curieusement car, la nuit, c'était le veilleur qui avait reçu les voyageurs. On se fait toujours une idée des gens avant de les connaître et Mme Dupré s'était représenté Eva Mitchel comme une personne mince et décidée, aux allures sportives.

Or, elle avait l'air d'une petite fille, ou mieux d'une poupée, avec ses grands yeux bleus, son nez trop petit et sa toilette vaporeuse. Elle connaissait quelques mots de français, à peine plus que son père, et son accent était attendrissant.

« Avez-vous des nouvelles ? s'informa-t-elle.

— Des nouvelles de quoi, miss ?

— De notre argent.

— Non ! Tout ce que je sais, c'est qu'on a retiré un... Je vous demande pardon, un cadavre du bassin... Germain vient de me dire qu'il était accroché depuis deux jours à un pilotis de la jetée sud...

— De la jetée sud... », répéta-t-elle comme si elle étudiait le français.

Elle n'avait pas compris. Mme Dupré parlait

trop vite. Elle regarda le bar, puis la salle à manger, puis le salon, cherchant peut-être un endroit où s'installer, mais elle finit par se diriger vers la porte.

Malgré la pluie qui tombait toujours, elle traversa le terre-plein et on la vit dès lors se promener le long de la digue, toute seule. Elle n'en paraissait, de loin, que plus inconsistante, que plus enfant.

Près du bassin, l'inspecteur et M. Mitchel sortaient d'un hangar et le policier dit au capitaine du port :

« C'est bien Teddy. Je vous ferai envoyer son dossier.

— Vous croyez qu'il a été assassiné ?

— Je ne crois pas. Je suis sûr. Cela devait finir ainsi un jour ou l'autre. Si vous connaissiez Brown, vous comprendriez. Teddy était son mauvais ange. Teddy lui faisait faire ceci ou cela et jamais, comme par hasard, Brown n'en profitait… »

Il y eut des poignées de main. M. Mitchel était surexcité. Pendant qu'il arpentait les quais avec l'homme du Yard, il le harcelait de questions.

« Vous avez pourtant fait ma commission à ce garçon ?

— J'ai répété textuellement votre message.

— Je suis persuadé qu'il n'est même pas entré à l'hôtel.

— Vous m'aviez affirmé que, si Brown se voyait découvert, il abandonnerait les bank-notes pour être tranquille... »

L'inspecteur ne répondit pas. Il reconnaissait de loin les gendarmes et les policiers en civil. Les gens de Dieppe les reconnaissaient aussi et l'on en parlait partout dans les boutiques, car les journaux ne faisaient mention d'aucun crime ni d'aucun vol important.

« Allez rejoindre votre fille, monsieur Mitchel.

— Savez-vous que c'est chez moi qu'il a fait pour la première fois son numéro de contorsionniste ? Avant, c'était un simple clown dans un cirque en toile.

— Oui ! Allez retrouver Miss Eva qui doit s'ennuyer toute seule dans cet hôtel. »

Maloin était harassé à force d'essayer de dormir. Il s'était retourné vingt fois et il en avait mal à la nuque. Il avait beau embrouiller ses pensées, elles s'enchaînaient d'elles-mêmes dès que sa volonté faiblissait un instant.

« Ton père se lève, annonça Mme Maloin en étalant la nappe sur la table.

— Je lui parle ?

— Voyons d'abord de quelle humeur il est. Je te ferai signe ».

Le plus souvent, Maloin descendait sans s'habiller, après avoir passé un pantalon et un veston sur sa chemise de nuit, les pieds dans ses pantoufles de feutre. Mais on l'entendit longtemps aller et venir et, quand il poussa la porte de la cuisine, il était vêtu, comme la veille, de son costume du dimanche.

« Qu'est-ce que vous avez eu de si mystérieux à vous raconter toute la matinée ? » ronchonna-t-il en jetant autour de lui un regard soupçonneux.

Il ouvrit la marmite, protesta :

« Encore du chou !

— Je voulais faire des étrilles, dit étourdiment sa femme.

— Eh bien ? »

Il vit sur le coin de la table la grosse clef noire et aussi le fichu qu'Henriette ne mettait que pour aller à la côte.

« La marée était basse, il me semble ?

— Oui, papa. »

Mme Maloin fit signe à sa fille de parler.

« Je vais t'expliquer... La dernière fois, tu as sans doute oublié de fermer la cabane...

— Qu'est-ce que tu racontes ?

— Je t'assure que la porte n'était pas fermée à clef. »

Les sourcils froncés, il attendait, le dos au poêle, les mains sur sa pipe qu'il avait commencé à bourrer.

« J'avais déjà aperçu un gendarme sur la

falaise... Il fallait que j'aille prendre le crochet et le panier... »

A cet instant, sa femme et sa fille faisaient pour lui figure d'ennemies.

« Eh bien ? Tu es devenue muette ?

— J'ai vu un homme dans la cabane ! se hâta de crier Henriette. Il était caché derrière le doris... »

Il marcha vers elle comme pour la battre.

« Qu'est-ce qu'il t'a dit ? Répète ce qu'il t'a dit !

— Louis !... gémit Mme Maloin.

— Mais parle, nom de Dieu !

— Il ne m'a rien dit. Je me suis sauvée... »

Il respirait fortement, le regard aussi dur qu'à l'estaminet quand il flairait une bagarre.

« Tu l'as dit au gendarme ?

— Non... », affirma-t-elle, près de pleurer.

Il revit la clef et éclata soudain :

« Alors, tu l'as enfermé ? »

Elle n'osa plus parler. Elle fit oui de la tête, les bras levés pour parer les coups.

Maloin étouffait. Il avait besoin de faire quelque chose, n'importe quoi, quelque chose de violent qui lui calmât les nerfs et ce fut sa pipe la première victime, car il la jeta de toutes ses forces sur le sol où elle éclata comme un œuf.

« Tonnerre de Dieu ! Tu l'as enfermé dans la cabane ? »

La pipe ne suffisait pas et Mme Maloin, qui suivait son regard menaçant, sauva la soupière.

« Tonnerre de Dieu ! » répéta-t-il.

Il aurait pu arriver n'importe quoi ! Mais ça ! L'homme de Londres enfermé dans sa cabane à lui !

« Qu'est-ce que tu vas faire, Louis ? »

Il avait pris la clef et la poussait dans sa poche.

« Ce que je vais faire ? »

Il n'en savait rien. Mais, pour les impressionner, il ricana.

« Écoutez ! Toutes les deux, vous allez commencer par vous taire, compris ? Je ne veux pas qu'on me pose de questions ! Et maintenant, occupez-vous de vos affaires de femmes ! »

Il franchit le corridor à pas lourds, ouvrit la porte après avoir décroché sa casquette du portemanteau. La pluie était plus fluide, plus serrée. Il en eut les joues ruisselantes et les mains mouillées après quelques pas. Il n'avait pas pensé à prendre sa vieille pipe en bois si bien qu'il était privé de fumer.

Il n'avait que cinquante mètres à parcourir pour apercevoir le gendarme campé à l'angle de la falaise, tournant le dos à la ville, immobile comme une sentinelle. Plus loin, c'était la mer verte rayée de blanc. Et tout au bout, dans l'infini, la tache plus sombre qu'on distinguait dans le ciel, c'était la fumée du bateau de Newhaven.

7

« SALUT ! » prononça Maloin, les deux mains dans les poches, en s'arrêtant au bord de la falaise.

Il pouvait être sans façon, car un employé du chemin de fer vaut un gendarme et celui-ci le comprit puisque, après avoir regardé la casquette, il répéta comme pour un camarade :

« Salut !

— Il y a quelque chose qui ne va pas dans le pays ? »

Maloin faisait semblant de regarder la mer, mais il louchait vers sa cabane qui était en dessous de lui, avec son toit moitié en tôle ondulée, moitié en carton bitumé.

« On est à la recherche d'un Anglais, soupira le gendarme en se tournant vers la ville où, avec de bons yeux, on voyait l'heure à la gare maritime.

— Ah ! c'est un Anglais. »

Le gendarme ne pensait qu'à la relève et Maloin en fut écœuré. Il aurait voulu parler longtemps, savourer cette conversation en se disant que l'homme terré près d'eux entendrait le murmure de leurs voix. La mer montait. Vers cinq heures, elle atteindrait la falaise et, s'il y avait du clapotis, elle battrait la porte du hangar.

« Vous habitez par ici ? » demanda le gendarme par politesse.

Maloin montra les trois maisons plantées sur le talus et son interlocuteur soupira avec conviction :

« Ce n'est pas gai !

— Dites donc, si des fois il était armé, votre Anglais...

— Paraît qu'il ne l'est pas. »

Maloin ne voulait pas s'en aller et ce n'était pas très naturel de rester planté sous la pluie, à regarder la mer. Mais c'était précisément cette pluie qui le calmait, et la présence du gendarme, la tristesse des toits mouillés de la ville et des moutons blancs sur la mer verte. Il fallait que l'univers fût lugubre. Il écoutait le bruit des gouttes d'eau sur la tôle ondulée de la cabane et il savait que des filets liquides s'infiltraient à l'intérieur.

« On est sûr qu'il n'a pas quitté la ville ? questionna-t-il avec la même indifférence que s'il eût demandé du feu.

— Moi, je ne sais que ce qu'on m'a dit. L'inspecteur du Yard affirme que notre homme n'a pas un sou en poche, pas de revolver, pas de couteau. »

Ce qui amena Maloin à penser que son clown n'avait rien à manger. C'était vertigineux d'être où il était et de laisser travailler lentement son esprit. En entendant parler, l'homme n'imaginait-il pas qu'il était cerné ? Ne tremblait-il pas, et de peur et de froid ? Et quand Henriette était entrée ?

Maloin poussa du pied une motte de terre jusqu'au bord de la falaise, l'envoya rouler sur la tôle ondulée.

« C'est à vous, cet abri ? s'informa le gendarme. Vous avez un canot ?

— Je n'ai qu'un doris, mais un de ces jours je me paierai un canot à moteur...

— A quel âge avez-vous la pension, au chemin de fer ?

— Cinquante-cinq. »

L'homme était toujours en dessous d'eux, sans manger ! Maloin poussa une nouvelle motte de terre, avec l'air d'un gamin qui, en revenant de l'école, donne des coups de pied dans un caillou. Mais son regard était devenu plus fuyant depuis qu'il avait pensé — au moment où le gendarme parlait de pension :

« Si je ne lui ouvre pas la porte, il sera mort dans quelques jours ! »

Et cela créait des images, par exemple Maloin

qui, la nuit, à marée haute, traînait jusqu'à la mer un corps maigre et rigide.

« Faut que j'aille croûter ! » articula-t-il.

Les mains enfoncées dans ses poches, il se dirigea vers sa maison. C'était terrible de laisser aller sa pensée. La nuit, les gendarmes feraient sans doute des rondes avec des lampes électriques et si l'homme avait le malheur de bouger...

Il trouva tout le monde à table, y compris Ernest qui rentrait de l'école. Il mangea sans rien dire, en promenant son regard sur sa famille.

« Tu veux sortir avec moi ? » demanda-t-il soudain à Henriette.

Celle-ci se tourna vers sa mère, qui approuva.

« C'est ça ! Allez vous promener tous les deux.

— Et moi ? geignit Ernest.

— Toi, tu resteras ici. »

Maloin gagna sa chambre pour se recoiffer et donner un coup de brosse à son costume, ouvrit l'ancienne boîte à biscuits qui était dans l'armoire à glace avec l'idée d'y prendre un peu d'argent. La boîte contenait un billet de mille francs et un de cinq cents et il les mit furtivement dans sa poche.

« Tu es prête, Henriette ?

— Dans cinq minutes ! »

Il passa devant sa porte et fut tenté de la pousser. L'eau clapotait dans la cuvette. Il ne marqua qu'un temps d'arrêt et se hâta de lancer en riant :

« Fais-toi belle ! »

L'homme devait avoir faim et la pluie persistait, dix gouttières au moins s'étaient formées dans la cabane, laissant filer leur eau glacée.

« Sors un moment, Ernest.

— Pourquoi ? »

Il poussa le gamin dans le corridor, étendit ses mains au-dessus du feu comme il le faisait quand il venait de se laver.

« A propos de ce qu'Henriette a raconté ce matin, j'ai réfléchi, dit-il à sa femme. Il ne faut en parler à personne. Tu as compris ?

— Et s'il partait avec ton canot ? »

Il n'y avait pas pensé. Il soupira, excédé :

« Tant pis ! »

Henriette avait mis de la poudre et du rouge, un peu trop de rouge, qui paraissait d'autant plus qu'elle portait une robe de soie verte. Chaque fois qu'elle s'habillait ainsi, on constatait qu'elle était plus charnue qu'on le croyait.

« Où allons-nous ?

— Nous verrons. »

Ils marchèrent en silence jusqu'au raidillon et Maloin avait, sans raison, la même sensation que les jours de fête ou de mariage, la sensation d'une vie en dehors de la vie de tous les jours.

« Ton patron ne te faisait pas la cour ?

— Penses-tu ! »

Il l'épiait de ses petits yeux, à la fois satisfait et inquiet.

« J'ai recommandé à ta mère de ne pas parler de la cabane. Naturellement, tu n'en parleras pas non plus. »

Un chalutier appareillait et l'équipage, au complet sur le pont, regarda Henriette avec des sourires. Elle ne marchait pas comme d'habitude, elle non plus. Elle avait son pas des dimanches, plus léger, précautionneux. Elle enjambait les flaques d'eau et une joie intérieure illuminait son visage.

« Nous irons au café Suisse ? »

Maloin ne répondit pas tout de suite, car il contemplait sa cage de verre, de l'autre côté du bassin, et il frissonnait à l'idée qu'il était riche. C'était inouï, invraisemblable ! Quand il était seul, il ne parvenait même pas à réaliser tout ce que cet argent représentait, mais maintenant, en se promenant avec sa fille, il découvrait de nouvelles perspectives.

« Tu serais contente de ne plus aller en service ?

— C'est impossible, répondit-elle sans soupçonner ce qu'il y avait derrière ces paroles.

— Et si c'était possible ? Et si je t'habillais mieux encore que la fille Laîné ?

— Elle a beau dépenser tout ce qu'elle veut, elle est fagotée comme quatre sous ! »

Dans la cage, Maloin entrevoyait la silhouette

grise de son collègue. Le jour était gris aussi. Les lampes n'étaient pas encore allumées et cela donnait une ambiance très morne, très pauvre. L'aiguilleur de jour devait le voir aussi et l'envier de se promener avec sa fille endimanchée.

Deux gendarmes étaient en faction au coin du quai, un autre devant la gare maritime. Les gens hâtaient le pas. Le jour tombait et l'on se collait aux maisons au passage des voitures pour éviter les éclaboussures.

Le café Suisse s'illumina. Le phonographe jouait. Camélia occupait déjà son coin et, comme Maloin était avec sa fille, elle feignit de ne pas le reconnaître, mais détailla Henriette de la tête aux pieds.

« Tu peux boire quelque chose de bon, une liqueur. Garçon ! une liqueur et un bon calvados.

— Bénédictine ? »

Henriette fit une moue hésitante, hocha la tête.

« Un calvados aussi, avec un sucre. »

Ce fut elle qui revint à leurs préoccupations.

« Je me demande s'il a de quoi manger. Est-ce qu'on sait s'il est jeune ? »

Ni jeune ni vieux ! Il n'avait pas d'âge. C'était un être triste et inquiet.

« Un malchanceux ! se dit Maloin qui revoyait le bachot se mouvant lentement, et le grappin qui s'enfonçait dans l'eau à la recherche de la valise.

— C'était cher, ta pipe, père ?

— Pourquoi ?

— Parce que, si ce n'était pas trop cher, je t'en achèterais une autre. »

Il eut peur qu'elle apprît que la pipe valait deux cent cinquante francs et parla d'autre chose.

« Est-ce que ta mère ne t'a pas demandé de lui apporter de la laine bleue ?

— Oui. Elle veut que je fasse un chandail pour Ernest. »

Que pouvait valoir une fourrure comme celle de Camélia ? Maloin se souvenait qu'une fois où il avait embrassé cette fille, il avait frôlé la fourrure tiède et parfumée. Il ne s'y connaissait pas. Il posa la question à Henriette, qui regarda de très haut.

« Je parie que c'est du faux ! Et la femme c'est une poule. Je la connais. Elle venait à la boucherie, le matin, en peignoir sale et en savates.

— Si c'est du faux, qu'est-ce que cela coûte ?

— Peut-être trois cents francs ? »

Il but un second calvados et paya le garçon avec un billet de cinq cents francs.

« Viens.

— Où allons-nous ?

— Tu verras ! »

Certains jours, l'alcool ne vous fait rien, ou vous donne mal à la tête, et d'autres fois il vous verse dans la poitrine un tiède optimisme. C'était le cas. Maloin avait les yeux brillants et, en sortant, il adressa à Camélia un petit signe amical.

La nuit était tombée. Toutes les vitrines étaient éclairées. Des parapluies se heurtaient. Maloin remarqua une jeune femme qui portait un imperméable bleu et décida aussitôt d'acheter le même à sa fille. Avec l'air de rien, un sourire au coin des lèvres, il la poussa dans le hall des Nouvelles Galeries, puis, de rayon en rayon, jusqu'au département des vêtements imperméables et là, sans transition, il dit à la vendeuse :

« Montrez-nous les imperméables bleus.

— En toile ou en soie ? »

Pendant que sa fille essayait, il pensait à l'inspecteur de Scotland Yard et c'était lui que défiait son sourire. Il ne défiait pas seulement l'inspecteur, mais encore le gendarme empoté du matin, et le petit commissaire spécial qui devait courir éperdument dans la pluie.

« Combien ? demanda-t-il.

— Cent soixante-quinze francs. Nous avons le béret assorti. »

Il acheta le béret, qui coûtait vingt francs, jeta un coup d'œil autour de lui pour s'assurer qu'il n'y avait rien d'autre à acheter.

« Vous le gardez sur vous, mademoiselle ? »

Bien entendu. Elle donna son adresse pour qu'on lui envoyât son vieux manteau. Dans la rue, c'était de plus en plus jour de fête pour Maloin et sa fille. Les passants qui voyaient leur sourire excité ne s'en doutaient pas. Maloin se disait qu'il pouvait dépenser en entier le billet de cinq cents francs.

« Tes souliers sont encore bons ?

— Ils ne prennent pas l'eau, mais ils ne vont pas avec le bleu. »

Ils achetèrent des souliers. C'est une joie de s'approcher de la caisse et de dire, en montrant bien qu'on n'a pas peur des chiffres :

« Combien ? »

Mme Maloin aurait couru la ville pendant quinze jours avant de choisir la même paire de souliers ! A cette heure, le gendarme était sûrement changé. Peut-être avait-on supprimé le factionnaire, car on ne pouvait garder éternellement la côte parce qu'un homme était en fuite. L'eau crépitait sur la tôle ondulée.

« Tu es contente ?

— Oh ! oui... Mais qu'est-ce que mère va dire ? »

Il fit ses plus petits yeux, ne répondit pas mais, un peu plus loin, s'arrêta devant une ganterie.

« Entre ! »

Henriette commençait à regarder avec une pointe d'inquiétude son père qui avait le teint animé.

« Désirez-vous fourré poil ou fourré laine ?

— Ce qui est le mieux ! »

Le plus drôle, c'est qu'il aurait bien pleuré de joie et d'énervement. Il flottait dans un univers nouveau. Normalement, il aurait dû être chez lui, occupé à bricoler comme il le faisait presque tous les après-midi, ou encore à faire un domino à l'estaminet.

« Prends-en une paire pour ta mère. Elle sera contente.

— Je ne connais pas sa pointure.

— S'ils ne vont pas, nous les changerons, mademoiselle », s'empressa la vendeuse.

Tout le monde était aimable. Quand ils achetèrent des bas dans le magasin voisin, on appela Henriette madame et Maloin détourna la tête pour cacher son sourire.

Que pouvait espérer l'homme tapi dans la cabane ? Il n'avait pas un sou. La police possédait son signalement.

Soudain, Maloin cessa de s'intéresser aux achats de sa fille. Si l'assassin avait choisi la cabane, n'était-ce pas parce qu'il comptait, à la faveur de la nuit, pénétrer chez Maloin ? Il connaissait la maison. Il ne pouvait pas se douter que la valise était restée dans la cabine d'aiguillage. Il savait que Maloin était absent toutes les nuits.

On lit des histoires de ce genre dans les journaux : un repris de justice, un homme traqué, quelqu'un qui n'a plus rien à perdre, s'introduit dans une maison isolée, dans une ferme, dans une villa, tue des femmes et des vieillards à coups de hache ou de barre de fer, s'empare de l'argent, vide le garde-manger et boit le vin à même le goulot cassé des bouteilles.

« Combien ? » demanda-t-il sans conviction.

Henriette, qui le voyait changer, lui demanda tout bas :

« Tu trouves que c'est trop cher ?

— Mais non !

— Tu es fâché ?

— Puisque je te dis que non ! »

Il n'aimait pas Ernest, parce que tout le monde prétendait qu'il ressemblait à son oncle et que sa mère le défendait toujours contre lui. Il lui acheta quand même un cartable neuf et une boîte de peinture à l'eau. Henriette portait les paquets. Il pleuvait moins fort, mais les gouttes d'eau crépitaient néanmoins sur le papier de soie.

Que pourrait-il acheter encore ? Maintenant qu'il avait changé le billet de mille francs, il n'avait plus de raison de s'arrêter. Il n'avait pas non plus l'idée de se payer quelque chose.

« Tu devrais t'offrir une nouvelle casquette ! père. »

Ah ! oui ! une casquette du chemin de fer ! Pourquoi pas un uniforme ?

« Entrons un moment ici ! »

C'était un bistrot et, au bar, il avala un apéritif, dans l'espoir de rattraper sa bonne humeur. Il n'avait même pas le droit de rester chez lui, cette nuit, pour garder sa maison !

« Qu'est-ce que tu bois ?

— Rien. Je n'ai plus soif.

— Servez-lui quand même un petit verre », dit-il au garçon.

Car, si elle ne buvait pas, cela ressemblait à un reproche.

« Cela ne te fera pas de mal, va ! Où y a-t-il un magasin de fourrures ?

— En face de la poste. »

Il s'alourdissait, devenait plus têtu, en proie à des idées fixes. Chez le fourreur, il se montra désagréable.

« Combien coûte un renard ?

— Véritable ? A partir de cinq cents francs.

— Montrez-en à ce prix-là. »

Sa fille le tira par la manche.

« Tu as tort. Maman sera fâchée. L'imitation est aussi bien.

— Laisse-moi tranquille. »

Elle perdait sa griserie, elle aussi, mais elle la retrouva quand elle eut le renard autour du cou. C'était un renard roux, qui ne s'accordait pas avec l'imperméable.

« Vous le gardez sur vous ? »

Bien sûr, qu'elle le gardait ! Ils se replongèrent dans les rues avec leurs paquets.

« Il n'est pas temps de rentrer ? » s'inquiéta Henriette.

Elle changea de trottoir pour passer devant la boucherie, mais la grille était fermée et la boutique était vide. Au coin de la rue, une femme demandait un renseignement à quelqu'un. Maloin la remarqua, parce qu'elle parlait anglais, la regarda avec attention. Elle portait un tailleur noir trop mince pour la saison. Elle avait un visage irrégulier, des cheveux roux qui s'échappaient de son chapeau, un cou mince orné d'une chaîne en or avec médaillon.

« Achète les journaux », dit-il à sa fille.

Il évita de regarder la cage vitrée et, comme on contournait le café Suisse pour gagner les quais, Henriette bouscula Camélia qui se tenait dans l'ombre en compagnie de l'inspecteur anglais.

Maloin pressa le pas. On ne pouvait rien lui dire ! Il n'avait rien fait de mal ! Les sourcils froncés, il cherchait le moyen d'en finir avec cette cabane. Car, ensuite, il suffirait de laisser passer quelques semaines ou quelques mois, puis de demander sa mise à la retraite.

Il irait quelque part en France, quelque part où ce serait quand même la Normandie, au sud de la Seine, par exemple, du côté de Caen. Il achèterait un bateau à voile et à moteur et pêcherait pour son plaisir.

« Je me demande quand même ce que mère va dire. »

L'inquiétude d'Henriette croissait à mesure qu'on approchait de la maison. Maloin avait juste le temps de se changer, de dîner et d'aller prendre son travail.

L'homme, pendant la nuit, n'essaierait-il pas de sortir de son abri ? Il y avait des outils derrière le doris. En découpant les planches...

Ce serait affolant de ne plus savoir où il était ! Plus affolant encore que de le savoir dans la cabane ! Avait-il hésité à tuer l'autre Anglais ? Non ! Il l'avait tué tout simplement comme on n'imagine pas qu'on puisse tuer quand on n'a jamais assisté à un crime, au point que ce n'était pas impressionnant.

S'il n'avait pas mangé depuis la veille, il était déprimé, lui qui était déjà mal portant d'avance.

Mais, tapi dans l'obscurité de la cabane, il avait quand même l'avantage...

Le mieux n'était-il pas de lui parler à travers la cloison, doucement, pour n'alerter personne, et de lui offrir une partie des billets ?

« Il y a quelqu'un à la maison, remarqua Henriette comme on approchait.

— A quoi vois-tu ça ?

— Le corridor est éclairé. »

Car, lorsqu'il n'y avait pas de visite, on éteignait la lampe du vestibule.

« Tu as la clef ? »

Elle ouvrit la porte. On entendit des voix. Henriette se demanda si elle ne ferait pas mieux de laisser ses vêtements neufs et ses paquets dans le corridor, mais son père la poussa vers la cuisine.

C'était le beau-frère qui s'y trouvait avec sa femme.

« Je ne savais pas que vous deviez venir », dit Maloin sans les regarder en face.

Sa femme s'écriait en même temps :

« Qu'est-ce que c'est que cela ? C'est ton père qui... ? »

Et elle tâtait l'imperméable, le chapeau, les gants, regardait son mari avec un commencement d'angoisse.

« Je n'ai rien, moi ? » gémit Ernest en défaisant un paquet qui contenait des bas.

La belle-sœur trouvait l'imperméable trop voyant. Le beau-frère prononça :

« J'étais en train de dire à ta femme que tu as eu tort de retirer Henriette d'une place sûre, chez des commerçants qui ont de l'argent. »

Il y avait trop de monde dans la cuisine où les paquets défaits ajoutaient au désordre. On parlait de tous les côtés. Henriette montrait ses souliers. Quelque chose brûlait sur le poêle.

« A l'heure qu'il est, il est si difficile de trouver une bonne place. »

Maloin baissait le front comme un taureau

mécontent. Il les voyait tous s'agiter. On l'entourait de vacarme et il eut la conviction que jamais il n'arriverait à mettre de l'ordre dans tout cela, que jamais il ne sortirait d'une situation aussi compliquée.

« Merde ! » soupira-t-il, découragé, en ouvrant la porte.

Et il monta dans sa chambre pour changer de costume, s'essuya les yeux avant de tourner le commutateur électrique.

8

UNE cloison vitrée séparait le hall de la salle à manger et Mme Dupré pouvait diriger le service de sa place, car un guichet la mettait en communication avec la salle et un autre avec l'office.

Il y avait peu de monde, ce soir-là. A l'heure du dîner était arrivé un couple qui avait demandé le prix des repas : des jeunes mariés de condition modeste qui faisaient leur voyage de noces à Londres. On les avait mis dans le coin gauche et ils mangeaient, intimidés par l'argenterie et par l'habit de Germain.

A part un représentant qui était à Dieppe pour une dizaine de jours, il ne restait que la table des Anglais. Le vieux Mitchel et sa fille étaient assis d'un côté, l'inspecteur Molisson de l'autre.

Tout le monde dînait en silence et Mme Dupré savait qu'on se tairait jusqu'à la fin. Il en était ainsi chaque fois qu'il n'y avait pas au moins cinq tables garnies et la gêne était si flagrante que, quand quelqu'un se présentait alors dans l'intention de dîner, il s'arrêtait sur le seuil et battait en retraite. Par le fait du vide le service s'accélérait et Germain en arrivait à guetter les assiettes comme une proie.

On venait de passer les fromages quand la porte de la rue battit. Puis on entendit des pas hésitants, et l'on aperçut une jeune femme qui regardait timidement autour d'elle.

« C'est pour une chambre ? » demanda l'hôtelière d'assez loin.

La nouvelle venue répondit en anglais et Mme Dupré pressa le timbre pour appeler Germain qui parlait un peu cette langue.

De la salle à manger, Molisson avait vu la jeune femme et s'était soulevé sur sa chaise pour connaître la cause de son émotion.

« La femme de Brown, murmura l'inspecteur en se dirigeant vers le hall. Je me demande ce qu'elle vient faire.

— Je sais, moi ! »

Eva Mitchel se levait à son tour, posait sa serviette sur la table, ajoutait avec un sourire où il y avait un léger défi à l'adresse du policier :

« C'est moi qui lui ai télégraphié de venir. »

Elle ne perdit pas une minute, n'hésita pas un instant, comme si tout eût été prévu. A peine dans le vestibule, elle dit en anglais :

« Madame Brown, je suppose ? Voulez-vous venir avec moi au salon ? Je suis Miss Mitchel. »

Mme Brown avait environ vingt-huit ans. Elle avait été très jolie, d'une joliesse fragile, qui n'avait pas tout à fait disparu, mais qui s'était ternie. Quand elle avait épousé Brown, elle était girl dans une troupe de troisième ordre, ce qui ne l'empêchait pas d'être aussi effacée et docile qu'à présent, avec le même sourire par lequel elle semblait s'excuser d'exister.

Eva Mitchel s'était assise sur l'accoudoir d'un fauteuil, jambes croisées, et allumait une cigarette.

« Vous avez des nouvelles de votre mari ?

— Non. Il doit être à Rotterdam. Quand j'ai reçu votre télégramme, j'ai pensé qu'un accident lui était arrivé.

— Quelle est, à votre avis, la profession de M. Brown ?

— Il voyage pour une maison française de fards de théâtre et de postiches.

— S'il vous a dit cela, il a menti. Il est cambrioleur et le monsieur qui est assis là-bas avec mon père est un inspecteur de Scotland Yard chargé de l'arrêter. »

Elle parlait si simplement que Mme Brown restait immobile, les yeux agrandis, sans même songer à protester.

« Mon père, que vous apercevez, est Harold Mitchel, le directeur du Palladium. »

La petite Mme Brown fit mine de s'incliner, plus éblouie encore par ce nom, qu'effrayée par l'accusation de la jeune fille.

« Votre mari lui a volé plus de cinq mille livres. »

Molisson les observait à travers deux épaisseurs de vitres, Miss Mitchel sur le bras du fauteuil, Mme Brown debout, les mains jointes sur le fermoir de son sac à main, prête, déjà, à faire tout ce que son interlocutrice lui commanderait.

« Si vous désirez des preuves de ce que j'avance, je peux appeler l'inspecteur. »

L'autre protesta de la tête, par politesse.

C'était l'heure où Maloin entrait dans sa cage vitrée en lançant son rituel :

« Salut !

— Salut ! vieux. Qu'est-ce que tu as ? dit son collègue.

— Moi ? Qu'est-ce que j'aurais ? »

Il posa son bidon sur le poêle, son pain sur la table, tira un journal de sa poche.

« C'est toujours pourri de gendarmes ?

— Ils font des patrouilles, à présent. De temps en temps, on voit poindre le rond blanc d'une lampe de poche qui fouille un coin du port. »

Eva Mitchel ne perdait pas de temps, ne permettait pas à son interlocutrice de reprendre haleine.

« C'est tout l'argent qu'il nous restait, à mon père et à moi. Si Brown le restitue, nous lui en laisserons une partie et nous ne porterons pas plainte. S'il refuse, il sera condamné pour assassinat et pendu.

— Pour assassinat ?

— Ici, à Dieppe, il y a trois jours, il a tué son complice Teddy. Vous connaissiez Teddy, n'est-ce pas ?

— Il voyageait pour la même maison que mon mari.

— C'est-à-dire qu'ils faisaient leurs coups ensemble. Brown a cambriolé le bureau de mon père et est venu retrouver Teddy à Dieppe. Ils ont dû se disputer au moment du partage et votre mari a tué Teddy. Si vous ne me croyez pas, appelez l'inspecteur. Maintenant, Brown se cache quelque part dans la ville et c'est à vous de le retrouver pour lui faire la commission. Vous avez de l'argent ?

— J'ai quitté Newhaven avec deux livres.

— En voici encore deux. Vous n'avez qu'à prendre vos repas et coucher ici. La pension n'est pas chère.

— Que voulez-vous que je fasse ? »

Elle n'avait pas encore pleuré mais on sentait

qu'elle allait le faire, que petit à petit seulement elle réalisait ce qui lui arrivait.

« Cela vous regarde. Cherchez ! Mettez une annonce dans le journal. L'inspecteur vous donnera peut-être un conseil. »

Molisson, en tout cas, quand Eva Mitchel revint à sa place et se servit de dessert, la regarda avec stupeur.

« Que lui avez-vous dit ?

— La vérité. Elle retrouvera plus sûrement son mari que nous, ou bien c'est lui qui apprendra son arrivée et qui viendra de lui-même.

— Mais si elle le retrouve ? articula-t-il, abasourdi.

— Eh bien ?

— Il a commis un crime...

— En France ! Cela ne vous regarde pas. C'est l'affaire de la police française. »

Son père l'observait avec non moins d'étonnement et une certaine gêne se mêlait à son admiration.

« Pourquoi ne nous as-tu parlé de rien ?

— Parce que vous m'auriez peut-être empêchée de la faire venir. »

Elle tournait le dos à la cloison vitrée du salon et seul l'inspecteur continuait à voir Mme Brown effondrée dans un fauteuil, le visage dans les deux mains. Molisson finit par poser sa serviette sur la table et, quand il entra dans le salon, la jeune femme soupira, sans découvrir ses traits :

« C'est vrai ?

— C'est vrai, dit-il en s'asseyant à côté d'elle. Brown est dans une situation désagréable. Jusqu'ici, il ne risquait que la prison, mais maintenant...

— C'est vrai aussi que, s'il rend l'argent...

— Mitchel retirera sa plainte, oui. Scotland Yard ne s'occupera plus de lui. A lui de s'en tirer avec la police française. Qu'avez-vous fait des garçons ?

— C'est un garçon et une fille, rectifia-t-elle machinalement. Je les ai confiés à une voisine. Mais dites-moi ce que je dois faire ? »

L'inspecteur regarda les Mitchel qui mangeaient toujours, puis le tapis fané, alluma sa pipe.

« Le plus sage est peut-être de vous promener dans la ville, surtout dans les endroits déserts. Dieppe n'est pas grand. Il y a des chances pour que Brown vous aperçoive. »

Elle avait peur, cela se voyait à ses yeux : peur des rues désertes et même de cette rencontre avec son mari. Molisson ne savait que lui dire.

« Avant tout, je vous conseille de dîner et d'aller vous coucher. Il sera temps demain de prendre une décision. »

Et elle fut à nouveau abandonnée à elle-même,

dans le petit salon où l'hôtelière vint lui demander en français si elle désirait dîner. Elle ne comprit pas. Mme Dupré fit le geste de manger et Mme Brown secoua la tête.

« Vous verrez qu'elle le retrouvera ! affirmait Eva Mitchel. Je sais bien que c'est dur pour elle, mais ce n'est pas moins pénible pour mon père de se trouver sans argent à son âge, après avoir fait la fortune de tant d'artistes. »

Les jeunes mariés se levèrent, entrèrent au salon qu'ils quittèrent par discrétion en apercevant une femme aux yeux rougis. Le mari demanda à l'hôtelière :

« Est-ce qu'il y a un cinéma ? »

Ils y allèrent. Camélia était à son poste, au bar du Moulin-Rouge, le regard flou, la bouche amère. Le patron venait de lire les journaux.

« Tu le connaissais ?

— Le petit, oui. Teddy, qu'il s'appelait. Il venait en France presque tous les mois. C'était rare qu'il ne pense à moi. Je savais bien qu'il faisait un métier dangereux et pas régulier. Il y a des moments où un autre aurait laissé échapper un mot, mais pas lui. C'était un vrai gentleman, comme ils disent. Et poli, bien élevé ! Il me faisait passer devant lui pour entrer dans la chambre et il ne serait jamais parti avant moi. »

Camélia s'interrompit.

« Pas cette valse-là ! » cria-t-elle à la musique.

Elle expliqua au patron :

« C'est le morceau qu'on jouait la dernière fois qu'il est venu, avec l'autre, le grand maigre. Je lui ai demandé de me faire danser et il m'a répondu qu'il était en affaires, mais qu'il reviendrait un peu plus tard. Je n'aimais pas la tête de son camarade. J'ai dit tout bas à Teddy :

« — Méfie-toi de ton copain !

« J'ai toujours eu des pressentiments. Ainsi quand mon frère est mort... Teddy m'a fait un clin d'œil. Ils ont bu trois ou quatre whiskies, le barman doit s'en souvenir. Ils sont partis et j'ai dansé avec Dédé...

« Eh bien, je n'étais pas en train. J'aurais parié que Teddy ne reviendrait pas. Le lendemain, j'ai rencontré l'autre deux ou trois fois. Je lui ai même parlé. Mais je ne savais pas encore, sinon je crois que j'aurais appelé les flics... »

Le garçon écoutait aussi, ainsi qu'un chauffeur de taxi qui venait boire son verre tous les soirs.

« Je me demande où il s'est planqué », prononça le patron en versant à boire à la femme.

Mme Brown sortait de l'hôtel, sans rien dire à personne. L'inspecteur la suivit, par crainte qu'elle fît une bêtise. Elle ne connaissait pas la ville et elle commença par suivre la digue dans l'obscurité. Il n'y avait personne. Elle semblait perdue dans l'immensité humide. Elle revint sur ses pas, trouva une rue éclairée, hésita, atteignit sans le savoir le centre de la ville.

Elle marchait en butant comme quelqu'un de très fatigué. Tantôt elle courait presque et tantôt elle semblait sur le point de s'arrêter faute d'élan. Des passants se retournèrent. Molisson, qui la voyait de dos, supposa qu'elle pleurait en marchant et il se demanda si Eva avait agi pour le vieux Mitchel ou pour elle.

Il était mécontent et il eût préféré avoir lui-même un rôle pénible à jouer que voir cette gamine blonde concevoir un tel plan et le réaliser jusqu'au bout sans hésitation.

Quelle démarche pouvait tenter la petite Mme Brown ? Et ne devait-elle pas penser que la vie de son mari dépendait d'elle, qu'il lui fallait le rejoindre coûte que coûte et lui faire rendre les cinq mille livres ?

Il ne pleuvait plus. Les pavés étaient encore mouillés et les flaques d'eau luisaient à la lumière des becs de gaz. Mme Brown se trouva tout à coup devant le bassin et resta immobile un long moment avant de faire demi-tour. Ses talons étaient usés d'un seul côté. Des cheveux roux frisottaient sur sa nuque. Elle se heurta à l'inspecteur, le reconnut aussitôt et s'écria :

« Dites-moi ce que vous voulez que je fasse ! »

Elle pleurait sans pleurer, en ce sens qu'elle en

faisait la grimace alors que ses sanglots étaient épuisés.

« Je vais vous reconduire à l'hôtel où vous vous coucherez. Miss Mitchel a eu tort de vous télégraphier.

— Mais puisque c'est pour sauver Brown ! »

Elle n'acceptait pas sans peine de se laisser reconduire et de temps en temps elle s'arrêtait à l'entrée d'une sombre ruelle avec l'envie de crier le nom de son mari.

« Venez !

— S'il était caché là ? »

Puis, sans transition, devenant volubile :

« Je connais Teddy Baster. Brown m'a dit que c'était son patron et m'a recommandé d'être aimable avec lui.

— Quelque chose comme son patron, soupira Molisson qui était plus harassé par cette sotte promenade à travers la ville que par une journée d'enquête. Venez !

— A-t-il un manteau, au moins ?

— Non ! Il a laissé son imperméable à l'hôtel. »

Il faisait froid. Si les vents tournaient à l'est, il gèlerait vers le matin.

« Comment trouvera-t-il à manger ?

— Je ne sais pas, madame Brown. Ne me posez plus de questions. Demain, nous aurons sans doute des nouvelles. »

Quand ils traversèrent le hall de l'hôtel, ils

virent, dans le salon, Eva Mitchel et son père qui jouaient aux dames. Molisson crut un moment qu'il serait obligé de mettre Mme Brown au lit, tant elle manquait de ressort.

« Vous me promettez qu'il ne se passera rien avant demain ?

— Mais oui, mais oui ! »

Dix minutes plus tard, enfermé dans la cabine, il téléphonait au commissaire spécial.

« Allô ! C'est vous ? On n'a rien trouvé ?

— Rien. Les rondes continueront toute la nuit. On est à peu près sûr qu'il n'a pas quitté la ville. A propos, on me signale qu'une Anglaise a débarqué avec un passeport au nom de Mme Brown. Est-ce que c'est... ?

— Oui. C'est sa femme. Je m'en occupe. »

Dans sa cabine vitrée, Maloin repoussa le journal qu'il venait de lire. C'était un journal local, car les grands quotidiens de Paris ne s'occupaient pas de l'affaire. Toute l'histoire y était racontée. Le reporter avait réussi à faire parler Molisson, car il révélait le passé de Brown et donnait tous les détails sur le cambriolage du Palladium, reproduisait même une photographie du vieux Mitchel et de sa fille qui sortaient de l'hôtel de Newhaven.

Il y avait deux jours que, sans s'en rendre compte, Maloin n'avait pas regardé l'armoire, deux jours aussi qu'il avait mal à la tête à force de penser. C'était d'autant plus obsédant que les mêmes idées revenaient sans répit.

N'avait-il pas été imprudent en faisant cet après-midi des achats aussi importants ? Il avait bien vu que son beau-frère tiquait et qu'il avait une idée de derrière la tête en remarquant :

« On dirait que tu as gagné le gros lot ! »

Il ne voulait pas non plus se tourner vers la falaise qui se détachait en noir plus dense sur le noir. Jamais il n'avait pensé que tant de gens allaient se déranger pour cette valise. Et peut-être celui qui l'impressionnait le plus, n'était-ce pas l'homme du Yard, mais le vieux Mitchel, avec ses allures de patron. C'était un homme qui, s'il avait demandé un renseignement à Maloin, comme l'adresse d'un hôtel ou d'un magasin, lui aurait donné un pourboire. Et l'aiguilleur aurait accepté !

Est-ce possible qu'il n'eût plus un sou ? Cette idée flattait Maloin et le gênait. Il y avait par surcroît une petite phrase, à la fin de l'article, qu'il récitait par cœur :

« Brown a une femme et deux enfants qui vivent à Newhaven et qui, paraît-il, ne sont au courant de rien. »

Il avait vu Brown, son imperméable, son complet usé, ses souliers ressemelés. Il pouvait évoquer la maison bâtie sur la falaise de Newhaven comme la sienne l'était sur la falaise de Dieppe : une maison dans le même genre, à peine un peu plus bourgeoise. Et encore n'était-ce pas sûr !

Il donna la voie 3 qu'on lui demandait, but une tasse de café brûlant. Sur le quai, il aperçut l'inspecteur Molisson qui parlait à l'Anglaise rencontrée l'après-midi dans la rue.

Maloin étouffait. Il sentait qu'il devait faire absolument quelque chose. Un moment, il fut sur le point d'ouvrir l'armoire et de lancer la valise dans le bassin.

A quoi cela servirait-il ? Rien ne serait changé. Si encore il était sûr, dans une semaine ou deux, quand tout serait fini, de la retrouver à la même place ! Mais le courant de marée la déporterait, ou elle s'enfoncerait dans la vase, ou encore elle serait accrochée par l'ancre d'un bateau.

Il avait l'air de ne pas penser à Brown. Il ne voulait pas y penser, faisait exprès de se donner d'autres préoccupations, mais en réalité il rôdait en esprit autour de la cabane. Il avait si souvent pêché la nuit ! Il savait heure par heure à quelle hauteur était la mer. Il entendait le bruit du ressac sur les galets, reniflait l'odeur du goudron dont il avait enduit son doris et il était sûr que Brown avait déjà des taches de goudron sur ses vêtements.

La gendarmerie avait fait des rondes pour

visiter les grottes de la falaise. Elle en ferait encore. Un gendarme pouvait, en passant, donner un coup de pied dans le bois de la cabane en disant : « Qui sait s'il n'est pas là-dedans ! »

« Ils n'ont pas le droit de forcer la porte ! » fit Maloin à mi-voix.

Mais si l'homme remuait à l'intérieur, est-ce que les gendarmes hésiteraient ? Serait-ce un bien ou un mal ? Brown parlerait-il de l'aiguilleur ?

Quand le bateau de Newhaven entra au port, Maloin ne pensa pas aux manœuvres qu'il effectuait. Il ne vit rien, que des lumières et des ombres en mouvement. A part la sonnerie qui lui commandait les aiguillages, il n'entendait qu'une rumeur imprécise.

Et il n'osait pas regarder du côté de sa maison, où la lampe était éteinte depuis longtemps. Il y avait assez d'outils dans la cabane pour faire sauter la serrure. Si Brown savait que Maloin avait la valise, il devait penser qu'il l'avait cachée dans la maison.

Le commissaire spécial, sur le seuil de la gare maritime, observait chaque voyageur et Maloin faillit aller le trouver. On ne le condamnerait peut-être pas sévèrement ? Son casier judiciaire était vierge. Tout le monde interviendrait en sa faveur. Mais on lui reprendrait la valise ! Il perdrait sa place !

Si bien qu'il n'aurait plus qu'à bricoler, comme

Baptiste, à vendre du poisson dans les rues ou quelque chose dans ce goût-là. Henriette se replacerait et elle lui en voudrait. En tout cas sa femme ne manquerait pas de lui répéter :

« Voilà ce que c'est d'avoir voulu faire le malin ! »

Son beau-frère serait aux anges ! Ernest lui-même n'obéirait plus !

S'il avait pu descendre et rester quelques minutes au Moulin-Rouge, il se serait soûlé. Sans doute même aurait-il emmené Camélia, pour se prouver qu'il était encore un homme vivant et fort.

Il ne repérait que deux gendarmes, mais, quand le rapide de Paris fut parti, il aperçut une lueur intermittente, celle d'une lampe de poche, et comprit qu'on faisait des rondes. La patrouille passa au pied du poste d'aiguillage et le faisceau lumineux se promena sur l'échelle de fer.

Deux heures plus tard, seulement, la lumière sautillait de l'autre côté de l'eau, au sommet de la falaise, à cent mètres de chez lui, dans un terrain dont il connaissait les moindres particularités.

« Un homme affamé !... » grommela-t-il.

Et aussitôt :

« Il faut en finir ! »

Il n'était pas possible de passer encore plusieurs nuits comme les trois dernières. Il ne savait pas ce qu'il ferait, mais il ferait quelque chose. Sans son idiot de métier, il serait parti tout de suite vers la cabane, mais il était impossible de laisser le poste d'aiguillage sans surveillance.

Il fut soulagé d'avoir pris une décision, regarda sa montre et passa les trois dernières heures à attendre, le front buté. Le marché au poisson commença dans l'obscurité. Le jour se leva, clair et froid. Son collègue arriva, les narines humides et les vêtements pleins d'air glacé.

« Ça va ?

— Ça va ! »

Sans avoir rien combiné d'avance, il pénétra dans une rue commerçante où une charcuterie venait d'ouvrir ses portes et acheta un saucisson, deux boîtes de sardines et un morceau de pâté en se regardant hargneusement dans la glace qui garnissait le mur.

Au marché, il avisa un estaminet, tendit son bidon d'émail bleu qu'il fit remplir de fil-en-six.

Il était mou. Il agissait à contrecœur, comme on accomplit une corvée, comme on va à l'enterrement d'un voisin, à qui l'on ne disait pas bonjour. Il ne croyait même pas à ce qu'il faisait. Il ne se sentait pas dans un univers solide. On l'aurait secoué soudain et il se serait réveillé dans son lit, qu'il n'eût pas été autrement étonné.

Au lieu de gravir le raidillon, il continua par le bas de la falaise et il ne vit aucun uniforme à son sommet. Sa cabane était un peu plus loin, après la première cavée. Il fallait marcher dans les gros galets et dans les roches éboulées et comme il avait mis les victuailles dans ses poches, il pensa que le pâté serait en bouillie.

Au dernier moment, il s'assit sur une pierre, soudain attendri sur son propre sort, sur celui de sa femme, de sa fille et même d'Ernest. La maison était derrière lui, tout près, invisible, posée sur le rocher comme un jeu de construction, et sa cheminée fumait sûrement. Ernest déjeunait avant d'aller à l'école. On avait dû laisser dormir Henriette, qui avait si rarement l'occasion de faire la grasse matinée.

Le matin, la maison avait une odeur intime, faite de l'odeur des chambres, du parfum du café et un peu de l'odeur de la campagne. Quand il rentrait, il commençait par tendre ses mains au feu, ensuite il défaisait ses gros souliers pour mettre ses pantoufles qui chauffaient sur le couvercle du four.

Tout le reste de la journée était à lui, d'abord pour dormir, d'un sommeil dont il se rendait compte et qui ne l'empêchait pas d'entendre les bruits de la maison et de la rue. Après, il avait le droit de faire ce qu'il voulait, arranger des lignes, repeindre son canot, manœuvrer la T.S.F. ou démonter un réveille-matin.

Il tira le saucisson de sa poche et le regarda curieusement, comme s'il eût oublié que c'était lui qui l'avait acheté. La mer était plate, à peine ourlée de blanc, mais au large se bousculaient des moutons poussés par les vents venant de terre. Maloin reconnaissait les barques qui traînaient lentement leurs dragues à coquilles Saint-Jacques.

« Tiens ! On n'en a pas encore mangé cet hiver », pensa-t-il.

Il s'était accordé assez de répit. Il ne pouvait pas passer toute la journée sur sa pierre.

Mais il agissait avec de moins en moins de conviction. Il ne voyait plus très bien l'importance ni la nécessité des actes qu'il allait faire. Pour un peu, il fût rentré chez lui en décidant qu'il ne s'était rien passé et que la vie continuait. N'était-ce vraiment plus possible ?

Ce fut le souvenir de son beau-frère, qu'il avait toujours détesté, qui le décida. Il remit le saucisson dans sa poche, se leva lourdement, comme un homme accablé de courbatures.

9

ON l'observait peut-être avec des jumelles. Cela arrive souvent aux pêcheurs qui traînent le chalut à proximité de la côte. Ils aperçoivent un petit point noir sur la falaise, ou au pied de celle-ci. Ils se disent :

« Tiens, Maloin qui va aux crabes. »

On prend les jumelles qui sont sur le roof et l'on inspecte le rivage en attendant le moment de relever le filet.

Il y avait trois barques de pêche dans la nacre du jour naissant : deux aux voiles brunes, une aux voiles bleues.

Maloin marchait toujours vers la cabane avec ce calme apparent qui accompagne le trac. Car c'était le trac et rien d'autre, tout comme s'il eût été sur le point de faire une démarche difficile, de parler au grand patron du réseau ou d'interpeller dans un meeting.

A ces moments-là, on est lucide. On voit tout,

on entend tout, on se dédouble. Il se voyait lui-même, en quelque sorte, comme dans un miroir, tendant la grosse clef vers la serrure.

Il pouvait entrouvrir la porte de quelques centimètres, lancer les vivres dans la cabane, donner un nouveau tour de clef et s'en aller. Il pouvait aussi partir en laissant la porte ouverte. Il avait envisagé tant de solutions possibles qu'elles ne l'intéressaient plus.

S'il faisait ceci ou cela, c'est simplement parce qu'il fallait faire quelque chose. Cela n'avait aucune importance et il savait très bien qu'il était trop tard pour se dérober.

La clef tourna sans peine, car Maloin prenait soin de ses affaires et la serrure était graissée. Il entrouvrit d'abord un peu la porte, fixa la pénombre où se dessinait l'avant du doris qui avait appartenu à un morutier.

Rien ne bougeait. Il n'y avait pas un bruit, pas un craquement. Maloin n'entendait même pas ce frémissement infime qui révèle la présence d'un être vivant.

Alors il ouvrit la porte davantage et la lumière entra dans la cabane, en même temps que Maloin reniflait une odeur forte, comme une odeur d'étable humaine. Il fronça les sourcils, inspecta les alentours du doris posé sur des rouleaux de bois. A droite se trouvait un baril de coaltar, à gauche des piles de paniers et partout, dans les moindres recoins, pêle-mêle, des choses sans nom : des planches, des caisses, une ancre, du filin, de vieilles boîtes.

« Il n'y avait pas beaucoup d'air ! » pensa-t-il.

Il ne lui était jamais arrivé de rester dans la cabane en laissant la porte close et l'odeur âcre l'inquiétait tandis que son regard faisait vingt fois le tour des cloisons.

Sans y penser, parce qu'il était venu pour cela, il tira le saucisson de sa poche, le posa sur le doris et pendant ce temps il cherchait à s'assurer qu'un pied, ou une main, ne dépassait pas de quelque part.

« Monsieur Brown !... » dit-il de la même voix qu'il eût parlé à un interlocuteur ordinaire.

Les deux boîtes de sardines prirent place à leur tour sur le canot.

« Écoutez, monsieur Brown... Je sais que vous êtes ici... La cabane m'appartient... Si j'avais voulu vous dénoncer, je l'aurais déjà fait hier... »

Il écouta, un peu penché comme après avoir laissé tomber une pierre dans le mystère d'un puits. Rien ne vibrait, que le dernier écho de sa voix.

« Comme il vous plaira ! Vous remarquerez que je viens à vous gentiment. Hier, je n'aurais pas pu, parce qu'il y avait un gendarme juste au-dessus de vous, sur la falaise. »

Il tenait le bidon d'émail bleu à la main et, sans

raison, il n'osait plus bouger. Il récitait, comme une tirade apprise, et cependant il improvisait :

« La chose la plus importante, c'est de manger. J'ai apporté du saucisson, des sardines et du pâté. Vous m'entendez ? »

Ses oreilles étaient aussi rouges que quand, enfant, il devait dire un compliment et sa voix devenait plus âpre.

« C'est inutile de faire le malin. Je sais que vous m'écoutez. Si vous étiez parti, j'aurais trouvé la serrure cassée, ou la porte entrouverte. »

Était-ce derrière le baril de coaltar ? Était-ce derrière les paniers empilés ? Ou en dessous du doris ? Car il y avait un assez grand espace libre sous l'embarcation.

« Je vais vous laisser ces vivres, ainsi qu'un bidon qui contient de l'alcool. Je crois qu'il vaut mieux que je referme la porte, car les gendarmes pourraient faire une ronde et s'ils trouvaient la porte ouverte ils viendraient jeter un coup d'œil... »

Il n'avait jamais parlé à vide. C'était si déroutant qu'il en arrivait à se mettre en colère.

« Écoutez bien ! Nous n'avons pas de temps à perdre. J'ai besoin de savoir si vous êtes là, vivant, ou si vous êtes mort. »

L'idée de parler à un mort ne le fit même pas sourire.

« Vous n'avez qu'à dire un mot, ou faire un

bruit quelconque. Je n'essaierai pas de vous voir. Je m'en irai aussitôt et, demain, je vous apporterai encore à manger. »

Il attendit, le regard dur. Sa bouche commençait à prendre un pli menaçant et il baissait légèrement la tête dans un geste qui lui était familier quand la moutarde lui montait au nez.

« N'essayez pas de me faire croire que vous ne comprenez pas le français. Je vous ai entendu parler à Camélia. »

Il attendit encore, compta jusqu'à dix pour s'obliger à la patience.

« Je vais encore compter jusqu'à trois... dit-il à voix haute. Un... deux... »

Ce n'était pas seulement de la colère. C'était de la peur. Il n'osait plus bouger. Il se disait que s'il fouillait la cabane, il trouverait peut-être un corps inerte, tapi dans un coin comme un rat qui a mangé du blé rouge. Un instant il pensa que l'odeur... Mais non ! Après vingt-quatre heures, un corps ne sent pas !

« C'est bon ! Je m'en vais... »

Il recula effectivement d'un pas, tenté de partir. Derrière lui, la porte était ouverte sur la mer ensoleillée. C'était si simple de s'éloigner en laissant les victuailles sur le doris.

« Je m'en vais... » dit-il encore.

Mais il ne s'en allait pas ! Il ne pouvait pas partir ! Ses pieds étaient cloués au sol !

« Vous avouerez que vous n'êtes pas chic ! Moi, je suis venu honnêtement... »

« Mais pars donc, imbécile », lui disait une voix intérieure.

Intérieurement aussi, il répondait à la voix :

« Encore une minute, rien qu'une !... Il va répondre... Je partirai tout de suite...

— Il sera trop tard !

— Est-ce que c'est ma faute ? »

Oui, était-ce sa faute s'il était impuissant à franchir cette porte et à rentrer dans le monde de fraîcheur et de soleil qui l'attendait ? Son regard furetait. Sa voix devenait moins sûre, avec des inflexions suppliantes.

« Monsieur Brown, je sens que je vais me fâcher... »

Il tremblait d'énervement en sentant qu'il approchait de la minute ultime.

« Une dernière fois, je compte jusqu'à trois... Un... deux... »

Il avait toujours regardé devant lui, sans songer que dans son dos il y avait un recoin plus obscur que les autres. C'est de ce recoin que partit un craquement et, avant que Maloin se fût retourné, il recevait un coup sur l'épaule droite, un coup porté avec quelque chose de lourd, comme une barre de fer ou un marteau, en plus aigu.

« Salaud ! » cria-t-il en faisant volte-face.

Brown était là. Du moins, il y avait quelqu'un

qui avait été Brown et qui, pendant tout le soliloque de Maloin, n'avait eu qu'un geste à faire pour le toucher.

Une barbe roussâtre avait poussé. Des yeux brillaient dans le clair-obscur. La pomme d'Adam montait et descendait au rythme d'une respiration chaude et haletante.

Le bras brandissait une seconde fois l'arme : ce n'était pas un marteau, mais le crochet qui servait pour dénicher les crabes sous les pierres et le varech.

D'un geste instinctif, Maloin saisit le poignet levé, le tordit à faire craquer les os et arracha le crochet des doigts qui s'y crispaient encore.

Sa nervosité disparue, il regardait l'homme grimacer de douleur, se ramasser sur lui-même pour bondir. Il ne pensait plus que c'était Brown ni même que c'était un homme. Il savait seulement que cette chose vivante allait s'agripper à lui, que les deux corps s'épouseraient étroitement, rouleraient sur le sol, que les doigts chercheraient à saisir une gorge, à s'enfoncer dans un œil, ou à tordre un membre.

Alors, sec, précis, inhumain, il frappa. Il ne visa pas. Le crochet s'enfonça dans du mou et fit naître un râle.

La chose vivait encore. Deux yeux brillaient toujours. Une main s'allongeait vers Maloin.

« Tiens », haleta-t-il.

C'était un nouveau coup de crochet. Chaque coup avait sa résonance dans sa chair, comme le jour où il avait tué un rat à coups de talon. Il avait fallu dix coups ! Le rat s'obstinait à vivre !

Et ici un souffle chaud lui arrivait par saccades, une main frôlait sa jambe, tentant de lui faire perdre l'équilibre.

« Tiens ! Et tiens ! »

Cela bougeait moins. Cela traînait par terre. Des doigts s'écartaient lentement. Pourtant, il y eut encore un sursaut et Maloin se tint prêt à frapper.

Le visage était contre le sol. Le costume gris était sale, déchiré. Du sang collait aux cheveux. Le corps gardait une immobilité hallucinante et Maloin, n'y tenant plus, se jeta à genoux, sanglota, cria, égaré, tremblant, frissonnant de froid :

« Pardon !... Dites !... Pardon !... Je ne l'ai pas fait exprès... Vous savez bien que je ne le voulais pas. »

Il n'osait pas toucher le mort, regardait le nez qui s'épatait sur le sol.

« Monsieur Brown !... Monsieur Brown !... Dites quelque chose... Je vais aller chercher un docteur... On vous soignera... Je vous rendrai votre valise... Je vous aiderai à fuir... »

Il se tourna vers la porte ouverte et vit la barque

bleue et la brune suspendues dans un pan de mer lisse comme le ciel.

« Monsieur Brown !... Pour l'amour de Dieu... Avouez au moins que c'est vous qui avez commencé... Moi, je vous apportais à manger et à boire... »

Il se souleva sur les genoux, prit le bidon sur le doris et, surmontant soudain sa terreur, retourna le corps qui s'étala sur le dos.

Les yeux étaient ouverts. Il y avait une blessure à la tempe, un trou plutôt, un vrai trou comme on en ferait dans n'importe quelle matière.

« Monsieur Brown ! »

Il déboucha le bidon, posa le goulot sur la bouche de l'Anglais et versa. Le fil-en-six coula avec un glouglou, glissa sur les dents serrées, sur le menton, contourna la pomme d'Adam.

« Vous êtes mort... » articula Maloin d'une voix d'homme qui s'éveille.

Alors il se leva, épousseta ses genoux couverts de poussière et passa les mains dans ses cheveux pour les rejeter en arrière. Il lui fallait le temps de reprendre sa respiration. Sa poitrine s'élevait et s'abaissait à une cadence puissante. Il avait un peu mal à la gorge, peut-être d'avoir crié.

Il ne se souvenait pas d'avoir pleuré et il se demandait pourquoi ses paupières picotaient.

Il se baissa pour ramasser le bidon qu'il mit

dans sa poche, sans penser à avaler le reste d'alcool.

C'était un calme épouvantable que le sien, un calme comme il n'en avait jamais connu, un calme qui ressemblait à du vide. Il faisait des gestes comme un homme ordinaire, mais il sentait bien qu'il n'était plus un homme comme les autres. Il avait franchi une frontière inconnue, sans pouvoir dire à quel moment cela s'était passé.

Peu à peu, son visage reprenait sa sérénité et il en avait conscience, sentait ses traits perdre leur rigidité, ses muscles se relâcher, sa peau redevenir souple.

Il mettait de l'ordre ! Il n'aurait pas pu dire ça à quelqu'un, car on se serait moqué de lui. Et pourtant c'était ainsi ! Il mettait de l'ordre, d'abord dans ses vêtements, ensuite autour de lui. Il y avait eu des objets renversés, une pile de paniers entre autres, et, au cours de la lutte, il ne s'en était pas aperçu.

Restaient les yeux de Brown qu'il ne pouvait pas laisser ouverts. Maloin les ferma et il n'eut pas un mouvement de recul en touchant les paupières. Il dit seulement :

« Voilà ! »

Il poussa le saucisson et les boîtes de sardines dans sa poche, se retourna une dernière fois pour s'assurer qu'il n'y avait plus rien à faire. Il allait sortir quand une voix cria :

« Salut, Louis ! »

Il s'avança jusqu'au seuil et resta debout dans le cadre de la porte.

« Salut, Mathilde !

— Vas-tu en mer ?

— Peut-être que oui, peut-être que non ! »

C'était sa voix de tous les jours. Il fermait à moitié les yeux, à cause du soleil. A vingt mètres de lui, passait Mathilde, une vieille femme qui pêchait des crabes pour les vendre en ville. Elle avait son crochet à la main, le même que celui de la cabane, et elle marchait pliée en deux à cause du panier qu'elle portait sur le dos.

« Va-t'y geler ?

— Je le crois ben ! »

Il resta à la même place après qu'elle fut passée, avec le mort derrière lui et la mer devant. L'air était si vif qu'il donnait de petits coups d'aiguille dans la peau. Il y avait vent d'est et la mer, le ciel, la falaise ressemblaient à l'intérieur d'un coquillage tant leurs tons étaient clairs et irisés. De loin, on voyait les pêcheurs à la voile bleue relever leur drague et lancer les coquilles Saint-Jacques dans un panier.

Maloin alluma sa pipe, regarda un instant la fumée qui montait droit.

Il n'avait plus rien à faire. Désormais, pour toujours, il n'avait plus rien à faire et, la pipe aux dents, l'épaule endolorie, il s'accordait encore une minute, encore deux.

« Le temps de finir ma pipe », promit-il.

Il pressentait des tas de choses, mais il aurait tout le temps d'y penser. Rien ne pressait. Cela ne regardait que lui.

Une nuit, dans sa cage vitrée, alors qu'il était encore un homme comme un autre, lourd et lent, avec des morceaux d'idées bout à bout, il avait évoqué la cabane, et même le geste de tuer Brown. Or, cette fois-là, il finissait l'histoire, en esprit, par l'image du corps qu'il traînait à la mer, dans l'obscurité.

Cela lui fit hausser les épaules. Est-ce que les choses qu'on imagine de la sorte ont un rapport avec la réalité, la vraie, celle que les gens ne soupçonnent même pas ?

Quand il avait étudié la possibilité de tuer Brown, il ne voulait pas le tuer et il était sûr qu'il ne le ferait pas, que jamais il ne serait capable de le faire.

N'empêche qu'il avait tué Brown !

Est-ce qu'il aurait pu dire, seulement, pourquoi il n'était pas parti après avoir posé les victuailles sur le doris ? Quel démon l'avait poussé à raconter des histoires, à pleurnicher, à menacer, à promettre, à compter jusqu'à trois comme un gamin qui fait enrager sa sœur ?

Personne ne répondrait à cette question-là. Lui non plus. Mais lui savait que c'était ça le mystère.

Sa pipe était éteinte et il restait encore un peu. L'air frais lui lavait la peau. Il effaça avec de la salive une toute petite tache de sang qu'il avait sur l'index droit.

« En route ! »

La mère Mathilde gravitait comme une araignée, à quatre pattes, sur les rochers couverts d'algues.

Maloin ferma sa porte à clef, écrasa les galets de ses semelles et gravit la pente raide de la cavée. Les trois maisons fumaient, roses dans la lumière, avec une pierre de taille blanche sous chaque fenêtre. Un chalutier sortait du bassin, sans remorqueur, sans bruit, comme porté par le flot.

« Ils ont toujours l'air d'aller plus vite dans le port qu'en pleine mer », pensa-t-il.

Et il frotta ses souliers sur le grattoir avant d'ouvrir la porte et de s'arrêter au portemanteau du corridor.

« C'est toi ? demanda sa femme, d'en haut.

— Oui.

— Tu es en retard. J'ai failli envoyer Henriette pour... »

Henriette était dans la cuisine, vêtue d'une vieille robe, chaussée de pantoufles rouges d'où émergeaient ses chevilles nues.

« Donne-moi à déjeuner. »

Il ne lui arrivait pas souvent de parler si doucement. Il posa le saucisson et les sardines sur la table, s'aperçut qu'il avait oublié le morceau de pâté sur le doris.

« Pourquoi as-tu apporté ça ?

— J'avais envie de saucisson. Ta mère fait les chambres ? »

Il mangea sept ronds de saucisson avec son café, puis demanda du vin et continua à manger. Il avait faim. Il lui semblait à chaque bouchée qu'il remplissait un vide dans sa poitrine.

« Qu'est-ce que ton oncle Victor a dit hier, quand j'ai été parti ?

— Il est toujours le même.

— Je parie qu'il a parlé de la fourrure ?

— Il prétend que cela ne se fait pas, dans notre situation, d'acheter un renard à une jeune fille, que sa femme, pour en avoir un, a attendu d'être mariée…

— Pauvre type ! » dit Maloin.

C'était mieux que sa femme fût occupée là-haut et le laissât seul avec sa fille.

« Tu veux me la montrer, ta fourrure ? Et tout ce que je t'ai acheté hier… »

Sans cesser de manger, il tâta le renard, trouva le poil moins fourni que la veille, ce qui l'assombrit un moment.

« Combien de temps cela dure-t-il, une fourrure comme celle-ci ?

— Peut-être trois ou quatre ans, en ne la mettant que le dimanche. Qu'est-ce que tu as ?

— Rien. »

Il n'avait rien. Une grimace involontaire.

« Tu ne veux pas tes pantoufles ?

— Non, je dois sortir. Ernest est à l'école ?

— Il y a longtemps. Tu oublies qu'il est neuf heures. »

Il secoua le bidon bleu et versa le reste d'alcool dans un verre.

« Voilà ! dit-il en s'essuyant les lèvres.

— Voilà quoi ?

— Voilà tout ! Voilà rien ! Voilà, enfin ! Tu ne peux pas comprendre.

— Qu'as-tu, ce matin ?

— Qu'est-ce que j'ai l'air d'avoir ?

— Je ne sais pas. Tu es drôle. Tu me fais un peu peur.

— Pourquoi aurais-tu peur ? »

Il était debout, le dos au feu, les mains derrière le dos, dans sa pose familière. La fourrure s'allongeait sur la table comme une bête, près des assiettes sales et de l'imperméable bleu qui sentait le caoutchouc.

« Ah ! oui. L'oncle Victor a encore dit que ces imperméables-là sont malsains parce qu'ils empêchent la transpiration. »

La chaleur l'engourdissait. Il se sentait devenir

paresseux et il se secoua tant qu'il n'était pas trop tard.

« Donne-moi ma casquette. Non, pas la neuve. La vieille est encore bonne. »

Il s'arrêta au bas de l'escalier, entendit sa femme qui balayait, toucha la rampe, changea d'avis.

« Salut, Jeanne ! cria-t-il.

— Tu ne te couches pas ?

— Pas maintenant.

— Si tu vois le charcutier, dis-lui que...

— Ce n'est pas la peine. J'ai apporté du saucisson. »

Il se tourna vers sa fille et l'embrassa aussi furtivement que d'habitude, moitié sur la joue, moitié sur les cheveux.

« A tout à l'heure », dit-elle.

Et lui, sans répondre, ouvrit la porte qu'il referma derrière lui, franchit le seuil de pierre bleue.

10

IL était 10 heures moins 20. Germain avait ouvert la trappe de la cave pour renouveler les bouteilles du bar. Mme Dupré faisait ses commandes par téléphone.

« Oui, dix-sept escalopes... Pas trop grosses... »

Et, tout en parlant, elle guettait l'horloge, car l'inspecteur Molisson avait recommandé qu'on l'éveillât à dix heures. On entendait le vieux Mitchel qui se livrait, dans la salle de bains, à sa gymnastique quotidienne.

Eva était déjà descendue, vêtue d'une robe à petites fleurs rouges, et, comme d'habitude, elle était passée près de Mme Dupré sans saluer, le regard planté droit devant elle. Pendant plusieurs minutes elle était restée sur le seuil de l'hôtel puis, sans manteau, les cheveux au vent, elle s'était dirigée vers une silhouette accoudée au parapet de la digue.

Il faisait clair et frais. Le ciel lavé, la robe à fleurs faisaient penser aux jours d'été. Accoudée au parapet, c'était la petite Mme Brown qui regardait la mer avec hébétude et qui tressaillit en entendant une voix tout près d'elle.

« Vous avez des soles, ce matin ? » demandait l'hôtelière au téléphone.

Et son regard allait de l'horloge à la digue. Mme Brown était une silhouette noire et Miss Mitchel une silhouette blanche. Derrière elles passaient des voiles brunes et Mme Dupré ajouta :

« A propos, mettez-moi deux douzaines de coquilles Saint-Jacques. A combien sont-elles ? »

Cela ne l'empêcha pas de penser :

« Que lui raconte-t-elle encore ? »

Car Eva parlait avec véhémence à sa compagne en la ramenant vers l'hôtel.

« Allô ! Non, c'est trop cher ! Ne mettez que les soles ! »

Les deux femmes passaient de la clarté dorée du dehors à la lumière grise du hall, puis à la pénombre du salon et Miss Mitchel n'interrompait pas son discours. De temps en temps, Mme Brown levait des yeux peureux, balbutiait quelques mots et, sans comprendre l'anglais, on devinait qu'elle disait :

« Mais que voulez-vous que je fasse ? »

Eva ne s'interrompait même pas, dévidait des

phrases et encore des phrases, des avalanches de phrases qui étaient autant d'ordres et de menaces.

« Pardon. L'inspecteur Molisson est-il ici ? »

Mme Dupré n'avait pas vu entrer l'inconnu qui se dressait devant elle, une valise bon marché à la main.

« Je le réveillerai dans dix minutes, répondit-elle après un coup d'œil à l'horloge. De la part de qui ?

— Cela n'a pas d'importance. »

Maloin n'était pas pressé. Il y avait deux sortes de fauteuils dans le hall : les uns en rotin, les autres en velours. Par habitude d'humilité, il en choisit un en rotin, n'osa pas croiser les jambes et tint sa casquette sur ses genoux, après avoir posé la mallette par terre.

Il fut quelques instants sans remarquer ce qui se passait dans le salon, dont il avait la cloison vitrée en face de lui. Ce qui attira son attention, ce fut le mouvement d'Eva à la recherche d'une plume. Comme elle n'en trouvait pas, elle se dirigea vers le bureau et frôla les jambes de l'aiguilleur.

Elle avait l'âge d'Henriette, mais il n'y avait rien de commun entre elles, entre leurs gestes, leur façon de parler et de s'habiller, et Maloin pensa sans plaisir à l'imperméable de soie bleue.

« Donnez-moi une plume et de l'encre.

— Certainement, Miss Mitchel. »

Il la suivit du regard et, quand elle rentra dans le salon, il aperçut la jeune femme accablée qui, elle, portait un tailleur noir comme en aurait porté sa fille.

Il ne comprenait pas l'anglais. Eva avait fait asseoir sa compagne devant un guéridon et lui dictait :

« *Prière à Pitt Brown de...* »

Maloin fut surpris d'entendre des mots français, mais déjà Miss Mitchel esquissait un geste d'énervement, parlait à nouveau anglais avec une colère contenue. Par deux fois, elle montra des mots sur la feuille de papier tandis que Mme Brown baissait la tête.

Eva finit par la repousser pour prendre sa place et, cherchant ses mots, elle rédigea un texte qu'elle lisait au fur et à mesure à voix haute :

« *Prière à Pitt Brown de se mettre à tout prix en rapport avec sa femme, hôtel de Newhaven, Dieppe.* »

Maloin fut longtemps à les regarder sans comprendre, car son esprit était devenu paresseux. Quand il eut deviné, il se raccrocha littéralement du regard à la femme en tailleur noir.

Elle avait dû passer la nuit à pleurer, car son

nez était rouge, ses paupières gonflées. Maloin continuait à faire des comparaisons entre elle et sa fille, remarquait par exemple les talons tournés, le médaillon qui pendait dans l'échancrure du corsage, les cheveux rebelles comme ceux d'Henriette.

Il entendit des pas dans l'escalier, mais ce n'étaient pas encore ceux de l'inspecteur. Le vieux Mitchel descendait, saluait Mme Dupré comme il avait l'habitude de saluer tout le monde et pénétrait dans la salle à manger où Germain accourait.

Une fois assis, seulement, il aperçut Eva et Mme Brown dans le salon, affecta de ne pas s'en occuper et donna des ordres pour son petit déjeuner.

Miss Mitchel passait une fois de plus à frôler Maloin, sans s'excuser, tendait sa feuille de papier par-dessus le bureau.

« Vous ferez porter cette annonce aux journaux de Dieppe. C'est à mon compte. »

Elle rejoignit son père, l'embrassa sur la tempe, resta debout à lui parler.

« Germain ! Allez éveiller M. Molisson et dites-lui que quelqu'un l'attend. »

Maloin était sans impatience, sans réaction, comme vidé de tous les organes qui font s'agiter les hommes. Il aurait pu rester jusqu'au soir sans bouger, assis au bord de son fauteuil de rotin, et personne, en le regardant, ne se serait douté que la valise tant cherchée était à ses pieds ni qu'il venait de tuer l'homme à qui s'adressaient les annonces.

Une femme de ménage parut avec un seau, un torchon et une brosse pour laver le hall.

« Pardon de vous déranger, dit-elle, mais vous devriez lever les pieds un instant... »

Exactement comme chez lui, quand on lavait la cuisine et qu'il tenait les pieds en l'air pendant qu'on passait le torchon en dessous !

Germain entra dans la salle à manger avec un plateau où il y avait des œufs au bacon, des coquilles de beurre dans une coupe de cristal, de petits pots de confitures qui constituaient le petit déjeuner du vieux Mitchel, et en passant la porte son regard glissa sur Maloin, distraitement, sans remarquer autre chose que la casquette de cheminot.

Mme Brown était tassée dans un fauteuil du salon et c'était à croire que, pour vivre de nouveau, elle attendait de nouveaux ordres d'Eva. Mitchel mangeait. Sa fille, debout dans le soleil que pulvérisait la vitre sale, racontait sans doute ce qu'elle avait fait ce matin-là, tandis que dans sa chambre l'inspecteur se rasait.

Maloin restait assis comme dans la salle d'attente d'une gare. Il pouvait s'en aller : nul ne l'en empêcherait. Il pouvait emporter la valise, prendre le train, puis un autre, gagner n'importe quelle ville, entrer dans une banque et changer les bank-notes.

Il lui suffirait de tendre un bras, de soulever la mallette et de se diriger vers le soleil.

Il pouvait aussi laisser la mallette à sa place, où elle resterait peut-être un jour ou deux avant qu'un domestique songeât à regarder ce qu'il y avait dedans. Au bureau, l'hôtelière téléphonait :

« Allô, oui !... Brown... B comme Bernard, R comme Robert... »

Elle dictait l'annonce, mot par mot.

« Cela paraîtra dans l'édition de ce soir ? Voulez-vous me dire combien je vous dois ? C'est pour une cliente. »

Et soudain, d'une autre voix, alors que Maloin ne s'y attendait pas :

« Oui, monsieur l'inspecteur, c'est celui qui est assis là-bas... »

Maloin se leva, la gorge serrée, regarda encore une fois Mme Brown.

« C'est vous qui demandez à me parler ? »

Allait-il être incapable de parler ? Il regardait Molisson et ses lèvres tremblaient sans qu'il pût faire venir les mots qu'il avait décidé de prononcer. Cela dura quelques secondes et, pour en finir, brusquement il ramassa la mallette qu'il tendit au policier en disant :

« Voilà ! »

Molisson fronça les sourcils, entrouvrit la valise, prononça avec calme, tourné vers la salle à manger :

« Monsieur Mitchel ! »

Maloin remarqua que l'inspecteur n'était pas joyeux, que son regard, au contraire, s'alourdissait. Le vieux Mitchel abandonnait son petit déjeuner et s'avançait, précédé de sa fille.

« Voici votre argent », dit l'homme du Yard en désignant la mallette.

Au lieu de regarder Mitchel, il épiait, à travers les vitres du salon, Mme Brown qui les observait sans deviner ce qui se passait. Pour examiner le contenu de la valise, le vieillard la posa sur une table de rotin et il y rangea posément les liasses de bank-notes, en comptant à mi-voix. Eva lui dit quelque chose à l'oreille. Il leva la tête vers Maloin, choisit un billet, se ravisa, en prit un second et les tendit.

Il fut tout étonné de voir l'aiguilleur hocher la tête et, croyant que ce n'était pas assez, il ajouta un troisième billet.

« Brown ? » questionnait cependant Molisson.

Mme Brown, attirée par les bank-notes, se tenait à la porte du salon, quêtant humblement une explication. Eva la lui donna de loin, en aidant son père à compter.

Il était encore temps. Si Maloin le voulait, il n'avait qu'à raconter qu'il avait trouvé la valise n'importe où et jurer qu'il ne savait rien. Le regard de Mme Brown était rivé à lui, interrogateur, avec déjà des ombres de désespoir.

Maloin tira son mouchoir de sa poche et s'essuya le front. Il pensa que puisqu'elle ne comprenait pas le français, il pouvait parler et il le fit très vite, dans un souffle.

« Je viens de tuer Brown. »

C'était fini ! Il respira un grand coup et regarda ailleurs. Molisson, sans perdre de temps, prenait déjà son pardessus et son chapeau au portemanteau.

« Venez avec moi. »

Mais Mme Brown les suivait avec l'air de ne pas vouloir les quitter. Molisson n'osait pas se tourner vers elle. Maloin avalait difficilement sa salive et voilà que tout en marchant la femme parlait, en anglais, d'une voix trébuchante.

« Qu'est-ce qu'il a dit ? »

Ils marchaient sur le trottoir, dans le soleil. Molisson était au milieu. Personne ne savait où l'on allait et peut-être tous les trois en avaient-ils l'intuition.

« Elle demande si son mari a souffert.

— Elle a compris ? »

Il faillit s'enfuir à toutes jambes mais ce ne fut qu'une intention et son corps n'obéissait pas, marchant du même pas que les autres.

« Qu'est-ce que je dois lui dire ? questionna Molisson.

— Je ne sais pas ! Il est mort ! Vous comprenez ? »

Il ne savait pas. Il ne réalisait pas le sens de la question.

Il essayait de se souvenir et il n'y avait rien dans sa mémoire qui correspondît au mot souffrir.

« C'est tellement différent... », murmura-t-il, sentant pour la première fois son impuissance à s'expliquer.

Et il regardait vers la mer pour ne pas voir le visage de Mme Brown penché de son côté.

« Je vais lui dire que non ! »

Molisson parla anglais. Mme Brown se tamponna les yeux. Maloin, de lui-même, prenait le chemin de la falaise.

« C'est très loin ? interrogea l'inspecteur.

— De l'autre côté du bassin, à deux pas de chez moi. Vous verrez ! »

Il n'y a, par hiver, que deux ou trois matins aussi calmes, aussi limpides qu'on voudrait entendre vibrer de toutes les cloches du dimanche.

« Salut, Louis ! » cria-t-on comme ils traversaient le marché au poisson.

Maloin reconnut Baptiste, qui avait tiré son bateau de l'eau et qui profitait du beau temps pour le repeindre en vert tendre.

« Salut ! » lança-t-il en écho.

Il vit avec indifférence la cabine vitrée, de l'autre côté de l'eau. Ils marchaient au pas, tous les trois, comme s'ils s'étaient mis d'accord, et Maloin n'avait pas l'impression d'être en compagnie d'étrangers.

Ils s'étaient à peine parlé et déjà Mme Brown savait tout. Il n'y avait même pas eu de cris, de menaces, de gestes pénibles. Elle avait compris le français sans le connaître. Elle avait deviné où ils allaient et elle marchait aussi vite qu'eux, les traits tirés comme eux, les prunelles un peu plus fixes que d'habitude et les lèvres plus sèches.

Quand Maloin aperçut sa maison posée sur la falaise, tout un pan de mur ruisselant de soleil, il la désigna à Molisson en disant :

« C'est chez moi ! »

Et Mme Brown regarda, elle aussi, la maison.

Ils marchaient de plus en plus vite. Elle tenait dans le creux de sa main un mouchoir roulé en boule et parfois elle en donnait de petits coups sur ses yeux ou ses narines.

Une fenêtre était ouverte, au premier étage. Quelqu'un remuait dans l'ombre de la chambre mais on ne pouvait savoir si c'était Henriette ou sa mère.

« Par ici. Attention, car le passage est mauvais. »

Ils contournèrent la falaise. La barque à voile bleue rentrait au port et le patron cria :

« Salut, Louis !

— Ils ont dragué la coquille Saint-Jacques », expliqua Maloin.

Il disait cela timidement comme si, à force de gentillesse, il allait faire oublier son crime. Mais ce n'était pas sa pensée. C'était instinctif et il aurait voulu être encore plus prévenant avec la petite Mme Brown qui n'avait pas l'habitude de marcher dans les galets et qui se blessait les chevilles.

Les deux autres barques pêchaient encore. La marée les avait portées si près du rivage qu'on voyait la fumée d'une pipe et un pêcheur qui buvait du vin à même la bouteille.

« D'ici, vous apercevez la cabane. »

Il ajouta avec volubilité :

« Je travaille toujours de nuit. Alors, j'ai mes journées libres et je bricole, je pêche, je fais un peu de tout. C'est moi qui ai construit cet abri pour mon doris et mes engins. »

Et, tout en parlant ainsi, il avait l'air de dire :

« Vous voyez comment je suis. Je n'ai pas de méchanceté. Je suis un brave homme. Il ne faut pas m'en vouloir. Au fond, je suis aussi malheureux que Mme Brown. Nous sommes deux malheureux. Vous allez voir ! »

Il brandit la clef, que l'Anglaise regarda de ses prunelles rapetissées cependant que le cerne de ses paupières se creusait, et qu'elle saisissait le bras de l'inspecteur.

« C'est arrivé si bêtement... », articulait Maloin.

Et il s'effaça pour qu'on pût voir, le dos arrondi comme dans l'attente des coups.

Mme Brown ne bougeait pas. Cramponnée à l'inspecteur, elle fixait le corps étendu, puis Maloin, puis encore le cadavre. Elle ne pouvait pas parler, ne faisait pas un mouvement et elle paraissait ne pas respirer.

« Voilà ! répéta l'aiguilleur, les genoux tremblants, la paume des mains moite.

— Il était caché dans la cabane ? demanda l'inspecteur après avoir toussé.

— Oui. Quand je l'ai su, j'ai apporté du saucisson et des sardines. Tenez ! le papier blanc, sur le canot, c'est une tranche de pâté. »

Il se tut. Mme Brown s'était jetée par terre, dans les galets, où elle se tordait, criait, avec des mouvements convulsifs des bras et des jambes. L'inspecteur s'agenouilla en lui parlant en anglais.

Maloin ne savait que faire ni où se mettre. Comme il avait un mouchoir propre, il le déplia pour l'étendre sur le visage de Brown.

« Fermez la cabane », ordonna Molisson qui s'occupait de la femme.

Maloin obéit, tourna la clef qu'il mit dans

sa poche et attendit discrètement en regardant la mer.

Des minutes s'écoulèrent et, quand il se retourna, l'inspecteur aidait Mme Brown à se remettre debout, tapotait le bas de sa robe pour enlever la poussière. Sans regarder Maloin, elle prononça quelques mots.

« Elle demande s'il n'a rien dit pour elle », répéta Molisson.

Que pouvait-il répondre ? Elle n'avait rien compris. Cela ne s'était pas passé ainsi. Ils s'étaient battus, à coups de crochet, jusqu'à ce qu'un des deux ne puisse plus parler. Il réfléchissait. Il aurait bien voulu lui faire plaisir, mais il ne trouva pas de mensonge acceptable et il hocha la tête.

C'était désespérant de ne pouvoir rien dire et surtout de penser que le seul homme qui eût pu comprendre était précisément le mort.

« Allons ! » soupira-t-il.

Et il faillit se fâcher devant l'étonnement de Molisson.

« Où voulez-vous aller ?

— A la police ! »

Allait-il se heurter partout à des murs ? Qu'y avait-il d'extraordinaire dans sa façon d'être ? Une catastrophe s'était produite, comme il s'en produit tous les jours : parfois c'est un accident, d'autres fois un naufrage, d'autres fois encore un crime. Cela ne revient-il pas au même ?

Ils étaient deux victimes, trois victimes, six victimes. Brown était mort. Mais Maloin aurait pu être mort à sa place et ce serait Brown qui expliquerait maintenant la chose à Mme Maloin !

Quant à être malheureux, ils l'étaient tous autant, y compris Henriette et Ernest qui ne s'en doutaient pas encore.

« Rentrons toujours en ville, dit Molisson. Nous verrons tout à l'heure.

— Si vous voulez. Mais il n'y a rien à voir. »

Il aurait donné gros pour aider Mme Brown à marcher dans les galets et parfois il lui jetait un bref regard, comme s'il eût été possible qu'elle acceptât son bras. Et pourtant, il en était sûr, tout à l'heure elle permettrait à Eva Mitchel de la consoler.

« C'est bête à pleurer ! confia-t-il malgré lui à l'inspecteur.

— Qu'est-ce qu'il dit ?... demanda Mme Brown en anglais.

— Rien ! » répliqua Molisson après une courte hésitation.

Au seuil de l'hôtel, Maloin s'arrêta et déclara :

« Je vous attends ici. »

Et il fut dégoûté en voyant que l'Anglais craignait de le voir fuir. On sortait de lourdes valises en cuir qui portaient des étiquettes de palaces. C'étaient les bagages de Mitchel qui, blotti dans sa pelisse, était occupé à payer sa note.

Maloin le vit entrer au salon en compagnie de l'inspecteur et de Mme Brown. Peu après, Eva les rejoignit, habillée pour le voyage. Enfin, quelques minutes plus tard, Molisson sortit et s'approcha de Maloin qui questionna :

« Ils lui ont donné quelque chose, au moins ?

— Oui.

— Beaucoup ?

— Cent livres. »

Comme ils marchaient côte à côte dans la ville ensoleillée, le policier avoua soudain l'objet de sa préoccupation.

« Pourquoi allez-vous à la police ? prononça-t-il en regardant ailleurs.

— Où voudriez-vous que j'aille ?

— Je ne sais pas, moi ! Si vous aviez voulu... Je suppose que vous plaidez la légitime défense ? »

Alors Maloin éclata :

« Est-ce que vous croyez que je m'occupe de cela ? »

Il entra le premier dans le bureau du commissaire spécial. Comme c'était à la gare et que Maloin portait son costume de cheminot, le commissaire crut qu'il s'agissait d'une affaire de service.

« Que voulez-vous, mon vieux ? »

Il sursauta, incrédule, quand le « vieux » lui dit :

« J'ai tué Brown, ce matin, et je viens vous expliquer...

— Un instant ! Un instant ! »

Il se tourna vers Molisson.

« Qu'est-ce que cet homme raconte ? Vous le connaissez ? »

Maloin regardait les souliers vernis du commissaire, son complet bleu à deux rangs de boutons, ses cheveux séparés par une raie, son mince ruban de la Légion d'honneur enfin, et il pensait :

« Il ne comprendra rien ! »

« Commençons par le commencement, disait l'autre en prenant place à son bureau et en dévissant le chapeau de son stylo. Qui êtes-vous ?

— Louis Maloin, aiguilleur à la gare maritime.

— Comment connaissez-vous le sujet anglais nommé Brown ? »

Maloin regrettait déjà d'être venu. Il n'avait pas prévu cela. Il avait voulu suivre son destin, aller en prison comme c'était fatal puisqu'il avait tué Brown, mais y aller simplement, dignement.

« Je l'ai vu qui poussait son compagnon à l'eau et j'ai repêché la valise. »

Il retrouvait son mauvais regard des jours où son beau-frère lui rendait visite.

« Qu'avez-vous fait de cette valise ?

— Il vient de la remettre à Mitchel, intervint Molisson qui devinait l'impatience de Maloin.

— Pourquoi ?

— Parce que j'avais tué Brown, sacrebleu ! hurla-t-il.

— Un instant. Il me semble que ce sont deux affaires différentes. Dans quel but avez-vous tué Brown ?

— Je ne voulais pas le tuer. Je lui ai porté du saucisson, des sardines, et je lui ai parlé pendant un quart d'heure. Il faisait semblant de ne pas être là, ou d'être mort. Quand je l'ai entendu bouger...

— Combien de coups avez-vous frappés ?

— Je n'ai pas compté.

— L'autopsie nous l'apprendra. Une fois Brown mort, qu'avez-vous fait de la valise ?

— Je suis d'abord rentré chez moi.

— Pour effacer les taches de sang ?

— Mais non ! Je suis rentré chez moi pour rentrer chez moi. J'ai mangé. Je suis parti.

— Vous avouez que vous avez mangé ?

— C'est même le saucisson de Brown que j'ai mangé, lança Maloin avec défi ; êtes-vous content, maintenant ?

— Donc, vous avez tué pour garder l'argent ? »

L'aiguilleur préféra regarder par terre sans rien dire, l'œil dur, les mâchoires serrées. Le commissaire spécial l'observa un moment, les paupières mi-closes, décrocha le récepteur téléphonique.

« Donnez-moi le Palais de Justice, mademoiselle. Allô ! Je voudrais parler au procureur de la République... Allô ! C'est vous, monsieur le procureur ? Ici Janet ! J'ai dans mon bureau l'individu qui détenait les bank-notes volées à Mitchel. Oui, je vous ai parlé de cette affaire avant-hier. Non, c'est un Français, un ouvrier du chemin de fer. Ce matin, il a tué Brown... »

Pourquoi éprouvait-il le besoin de faire des clins d'œil en parlant ?

« Entendu ! Je serai là-bas. Nous pourrons procéder à la reconstitution aussitôt après le déjeuner. »

Il y avait une horloge de marbre sur la cheminée et elle marquait déjà onze heures et demie. Ernest quittait l'école et se dirigeait vers le raidillon avec le petit Bernard, qui habitait la maison voisine.

« Allô ! Donnez-moi le commissariat de police... Le commissariat ? Ici Janet. Voulez-vous m'envoyer deux hommes pour garder un type qu'on vient de m'amener ? »

On n'avait pas amené Maloin. Pourquoi ce mensonge ? Et pourquoi était-il un type ?

« Quant à vous, mon ami... », commença le commissaire spécial en se levant.

Il fut tout étonné du regard de Maloin, un regard qu'il ne s'attendait pas à rencontrer, grave, profond, qui semblait venir de très haut et prendre la mesure du petit homme aux souliers vernis.

« ... la loi, poursuivit-il plus rapidement, exige que vous soyez accompagné d'un avocat pour la descente du Parquet qui aura lieu cet après-midi. Avez-vous une préférence ? »

Et encore quoi ? Maloin haussa les épaules en pensant avec nostalgie à la visite qu'ils avaient faite tout à l'heure, à trois, à la cabane. Comme c'était plus simple et plus digne !

« Avez-vous prévenu votre famille ?

— Je l'ai peut-être invitée à assister à la chose que vous dites ! » riposta-t-il, étonné de son audace.

Car il n'avait pas envie de plaisanter. Il éprouvait au contraire un désir de recueillement et de paix. Ce qu'on aurait dû faire, c'était le conduire dans une cellule et l'y laisser tranquille en attendant de décider de son sort.

« Vous ne ferez pas toujours la forte tête ! »

Maloin sourit, d'un sourire qui était comme un cadenas posé sur sa vie intérieure.

Il avait compris. Il n'essaierait plus de s'expliquer. Il donnerait docilement les renseignements qu'on lui demanderait, sans un mot de plus.

L'après-midi même, il passa sans baisser la tête entre les rangs de curieux massés autour de sa cabane. Pourquoi baisser les yeux devant Baptiste ? Et devant ces messieurs bien habillés qui portaient des serviettes et qui sautillaient de tous les côtés.

« Vous reconnaissez que… »

Ils prenaient des airs malins ; c'était à qui essaierait de le mettre dedans, alors qu'il avait tout expliqué de lui-même, sans attendre qu'on vînt le chercher.

Il entendit un sanglot, au-dessus de la falaise, et, en levant la tête, il aperçut sa femme qui pleurait dans son tablier, à quelques pas des Bernard. On avait dû confier Ernest à d'autres voisins. Il chercha longtemps Henriette des yeux et l'aperçut enfin qui se cachait derrière la foule.

« Voulez-vous refaire exactement les mêmes gestes que ce matin ? »

Il les contempla avec mépris, tous tant qu'ils étaient : le procureur, le juge, qui avait une barbiche, et d'autres dont il ne connaissait pas le grade. On lui avait donné un avocat qui ne cessait de lui adresser des signes qui voulaient dire : « Attention ! »

Attention à quoi ? Puisqu'ils y tenaient, qu'est-ce que cela pouvait lui faire de recommencer la scène ? Seulement, il était incapable de retrouver les phrases qu'il avait prononcées et, sans les phrases, ses gestes n'avaient plus de sens.

« Je te demande pardon, mon pauvre Brown, se disait-il, en lui-même. Ils veulent absolument me voir manier le crochet. »

Quand il le prit, tranquillement, comme on prend un crochet à crabes, un murmure s'éleva et des gens reculèrent d'effroi.

« A quel endroit était cet objet ?

— A aucun endroit, puisque c'est Brown qui le tenait.

— Comment avez-vous frappé ?

— J'ai tapé dans le tas. »

Et la foule de murmurer à nouveau ! Cela lui était égal. Cela lui faisait presque plaisir de les trouver aussi bêtes.

« Tenez ! voici justement le morceau de pâté.

— Ne touchez pas ! » cria le juge.

Il y en eut pour deux heures, avec des greffiers qui prenaient des notes, des mots aigres entre le juge et l'avocat. On avait retiré les menottes de Maloin pour lui permettre de prendre le crochet. Quand ce fut fini, on les lui remit.

« Vous n'avez pas d'autre expérience à suggérer ? demanda le procureur à l'avocat.

— Aucune. Bien entendu, je demande une expertise mentale de mon client. »

La veille, chacun des spectateurs disait en passant près de Maloin :

« Salut, Louis ! »

Et maintenant ils le regardaient avec terreur, comme s'il n'eût plus été Maloin ni même un homme. Sa fille elle-même restait au dernier rang !

On ne pouvait atteindre la cabane en auto et le cortège traversa à pied une partie de la ville. Des gamins couraient pour ne pas perdre de vue le prisonnier. Des photographes se mettaient sur son chemin.

Enfin, on l'enferma dans une cellule et il regarda avec satisfaction les murs blancs, le lit étroit qui se rabattait contre la cloison, la tablette mobile. Il ne se rappelait pas avoir eu aussi sommeil de sa vie et il allait s'endormir tout habillé lorsqu'on introduisit son avocat.

« Vous avez fait toutes les gaffes possibles, permettez-moi de vous le dire. »

Chez lui, on devait pleurer, dans la cuisine où l'on venait d'allumer la lampe, et le bidon bleu, qu'il avait acheté un samedi après-midi, avant la naissance d'Henriette, était sur la table et sentait le fil-en-six.

« Je suis venu pour vous donner quelques conseils. »

Maloin regarda l'avocat comme il eût regardé un objet curieux mais inutile.

« Tout le monde est d'accord pour trouver votre cynisme révoltant, ce qui rend ma tâche délicate. Il faut... »

Maloin l'interrompit.

« A propos, quand aura lieu l'enterrement ?

— L'enterrement de qui ?

— De Brown.

— On ne sait pas encore. On procédera d'abord à l'autopsie.

— Mais pourquoi, puisque j'ai tout expliqué ?

— Il est nécessaire de savoir quel coup a donné la mort, et comment.

— Sa femme n'est pas partie ?

— Elle est toujours à l'hôtel.

— Vous croyez qu'on enterrera Brown à Dieppe ?

— A moins qu'elle ne paie le transport en Angleterre.

— Les Mitchel n'ont qu'à payer ! »

Et il regarda son avocat en fronçant les sourcils, soupira :

« Laissez-moi.

— Il faut absolument que nous nous mettions d'accord…

— Oui, demain ! Un autre jour ! »

Tant pis ! Il n'irait pas à l'enterrement, car Mme Brown dépenserait les cent livres qu'on lui avait données pour emporter le corps de son mari. Et lui ne les verrait plus, ni l'un ni l'autre.

C'était idiot, mais c'était comme ça ! Le plus révoltant, c'est que cela aurait pu être autrement. Cela n'avait tenu qu'à des hasards.

Par exemple, quand Brown avait failli, la nuit, monter dans la cabane vitrée et qu'il s'était arrêté au deuxième échelon ! Que se seraient-ils dit, là-haut, tous les deux ?

Et quand il suivait Maloin jusqu'à sa maison sans se décider à lui parler, alors que Maloin était prêt à rendre la valise !

Et le matin encore, lors de la visite à la cabane avec le saucisson, les sardines, le pâté ?

Que se seraient-ils dit, tous les deux ? Qu'auraient-ils décidé ? Que seraient-ils devenus ensuite et que seraient devenues les deux maisons : celle de Newhaven et celle de Dieppe, avec les deux femmes, les enfants ?

« Ce n'était pas possible ! conclut-il à mi-voix.

— Qu'est-ce qui n'était pas possible ? »

Maloin aperçut son avocat et soupira :

« Rien ! Je pense.

— C'est bien cela. Je crois, moi, que vous pensez trop. »

Il valait mieux le laisser dire.

« Maintenant, je voudrais dormir. »

Ce n'était pas vrai. Dès que l'avocat fut dehors, à chuchoter dans le couloir avec le gardien, Maloin se blottit sur son lit et il pensa encore à Brown, à sa femme, à leur maison qui était de l'autre côté de l'eau, avec des fenêtres qui s'éclairaient le soir.

Quand on le condamna à cinq ans, sa femme et sa fille se jetèrent dans ses bras en sanglotant et, après les avoir embrassées, il regarda autour de lui avec l'air de chercher quelqu'un.

Puis il suivit docilement les gendarmes.

OUVRAGES DE GEORGES SIMENON

AUX PRESSES DE LA CITÉ

COLLECTION MAIGRET

Mon ami Maigret
Maigret chez le coroner
Maigret et la vieille dame
L'amie de Mme Maigret
Maigret et les petits cochons sans queue
Un Noël de Maigret
Maigret au « Picratt's »
Maigret en meublé
Maigret, Lognon et les gangsters
Le revolver de Maigret
Maigret et l'homme du banc
Maigret a peur
Maigret se trompe
Maigret à l'école
Maigret et la jeune morte
Maigret chez le ministre
Maigret et le corps sans tête
Maigret tend un piège
Un échec de Maigret
Maigret s'amuse
Maigret à New York
La pipe de Maigret et Maigret se fâche
Maigret et l'inspecteur Malgracieux
Maigret et son mort
Les vacances de Maigret
Les Mémoires de Maigret
Maigret et la Grande Perche
La première enquête de Maigret
Maigret voyage
Les scrupules de Maigret
Maigret et les témoins récalcitrants
Maigret aux Assises
Une confidence de Maigret
Maigret et les vieillards
Maigret et le voleur paresseux
Maigret et les braves gens
Maigret et le client du samedi
Maigret et le clochard
La colère de Maigret
Maigret et le fantôme
Maigret se defend
La patience de Maigret
Maigret et l'affaire Nahour
Le voleur de Maigret
Maigret à Vichy
Maigret hésite
L'ami d'enfance de Maigret
Maigret et le tueur
Maigret et le marchand de vin
La folle de Maigret
Maigret et l'homme tout seul
Maigret et l'indicateur
Maigret et Monsieur Charles
Les enquêtes du commissaire Maigret (2 Volumes)

LES INTROUVABLES

La fiancée du diable
Chair de beauté
L'inconnue
L'amant sans nom
Dolorosa
Marie Mystère
le roi du Pacifique
L'île des maudits
Nez d'argent
Les pirates du Texas
La panthère borgne
Le nain des cataractes

ROMANS

Je me souviens
Trois chambres à Manhattan
Au bout du rouleau
Lettre à mon juge
Pedigree
La neige était sale
Le fond de la bouteille
Le destin des Malou
Les fantômes du chapelier
La jument perdue
Les quatre jours du pauvre homme
Un nouveau dans la ville
L'enterrement de Monsieur Bouvet
Les volets verts
Tante Jeanne
Le temps d'Anaïs
Une vie comme neuve
Marie qui louche
La mort de Belle
La fenêtre des Rouet
Le petit homme d'Arkhangelsk
La fuite de Monsieur Monde
Le passager clandestin
Les frères Rio
Antoine et Julie
L'escalier de fer
Feux rouges
Crime impuni
L'horloger d'Everton
Le grand Bob
Les témoins
La boule noire
Les complices
En cas de malheur
Le fils
Le nègre
Strip-tease
Le président
Dimanche
La vieille
Le passage de la ligne
Le veuf
L'ours en peluche
Betty
Le train
La porte
Les autres
Les anneaux de Bicêtre
La rue aux trois poussins
La chambre bleue
L'homme au petit chien
Le petit saint
Le train de Venise
Le confessionnal
La mort d'Auguste
Le chat
Le déménagement
La main
La prison
Il y a encore des noisetiers
Novembre
Quand j'étais vieux
Le riche homme
La disparition d'Odile
La cage de verre
Les innocents

SÉRIE POURPRE

Le voyageur de la Toussaint
La maison du canal
La Marie du port

OUVRAGES DE GEORGES SIMENON
AUX PRESSES DE LA CITÉ (suite)

« TRIO »

I. — La neige était sale — Le destin des Malou — Au bout du rouleau
II. — Trois chambres à Manhattan — Lettre à mon juge — Tante Jeanne
III. — Une vie comme neuve — Le temps d'Anaïs — La fuite de Monsieur Monde
IV. — Un nouveau dans la ville — Le passager clandestin — La fenêtre des Rouet
V. — Pertigree
VI. — Marie qui louche — Les fantôme du chapelier — Les quatre jours du pauvre homme
VII. — Les frères Rico — La jument perdue — Le fond de la bouteille
VIII. — L'enterrement de M. Bouvet — Le grand Bob — Antoine et Julie

POCKET

Monsieur Gallet, décédé
Le pendu de Saint-Pholien
Le charretier de la Providence
Le chien jaune
Pietr-le-Letton
La nuit du carrefour
Un crime en Hollande
Au rendez-vous des Terre-Neuvas
La tête d'un homme
La danseuse du gai moulin
Le relais d'Alsace
La guinguette à deux sous
L'ombre chinoise
Chez les Flamands
L'affaire Saint-Fiacre
Maigret
Le fou de Bergerac
Le port des brumes
Le passager du « Polartys »
Liberty Bar
Les 13 coupables
Les 13 énigmes
Les 13 mystères
Les fiançailles de M. Hire
Le coup de lune
La maison du canal
L'écluse n° 1
Les gens d'en face
L'âne rouge
Le haut du mal
L'homme de Londres

A LA N.R.F

Les Pitard
L'homme qui regardait passer les trains
Le bourgmestre de Fumes
Le petit docteur
Maigret revient
La vérité sur Bébé Donge
Les dossiers de L'Agence 0
Le bateau d'Émile
Signé Picpus
Les nouvelles enquêtes de Maigret
Les sept minutes
Le cercle des Mahé
Le bilan Malétras

ÉDITION COLLECTIVE SOUS COUVERTURE VERTE

I. — La veuve Couderc — Les demoiselles de Concarneau — Le coup de vague — Le fils Cardinaud
II. — L'Outlaw — Cour d'assise — Il pleut, bergère... — Bergelon
III. — Les clients D'Avrenos — Quartier nègre — 45° à l'ombre
IV. — Le voyageur de la Toussaint — L'assassin — Malempin
V. — Long cours — L'évadé
VI. — Chez Krull — Le suspect — Faubourg
VII. — L'aîné des Ferchaux — Les trois crimes de mes amis
VIII. — Le blanc à lunettes — La maison des sept jeunes filles — Oncle Charles s'est enfermé
IX. — Ceux de la soif — Le cheval blanc — Les inconnus dans la maison
X. — Les noces de Poitiers — Le rapport du gendarme G. 7
XI. — Chemin sans issue — Les rescapés du « Télémaque » — Touristes de bananes
XII. — Les sœurs Lacroix — La mauvaise étoile — Les suicidés
XIII. — Le locataire — Monsieur La Souris — La Marie du Port
XIV. — Le testament Donadieu — Le châle de Marie Dudon — Le clan des Ostendais

MÉMOIRES

Lettre à ma mère
Un homme comme un autre
Des traces de pas
Les petits hommes
Vent du nord vent du sud
Un banc au soleil
De la cave au grenier
A l'abri de notre arbre
Tant que je suis vivant
Vacances obligatoires
La main dans la main
Au-delà de ma porte-fenêtre
Je suis resté un enfant de chœur
A quoi bon jurer?
Point-virgule
Le prix d'un homme
On dit que j'ai soixante-quinze ans
Quand vient le froid
Les libertés qu'il nous reste
La Femme endormie
Jour et nuit
Destinées
Quand J'étais vieux
Mémoires intimes

Achevé d'imprimer en mars 1999
sur les presses de l'Imprimerie Bussière
à Saint-Amand (Cher)

POCKET - 12, avenue d'Italie - 75627 Paris Cedex 13
Tél. : 01-44-16-05-00

— N° d'imp. 732. —
Dépôt légal : 4e trimestre 1976.

Imprimé en France